寻找青春的方向

To Find the Direction of the Youth

张国祥◎著

九州出版社
JIUZHOUPRESS

图书在版编目（CIP）数据

寻找青春的方向／张国祥著．--北京：九州出版社，2014.12

ISBN 978-7-5108-3444-8

Ⅰ．①寻…　Ⅱ．①张…　Ⅲ．①长篇小说—中国—当代
Ⅳ．①I247.5

中国版本图书馆 CIP 数据核字（2014）第 309479 号

寻找青春的方向

作　　者　张国祥　著
出版发行　九州出版社
地　　址　北京市西城区阜外大街甲 35 号（100037）
发行电话　(010)68992190/3/5/6
网　　址　www.jiuzhoupress.com
电子信箱　jiuzhou@jiuzhoupress.com
印　　刷　北京洲际印刷有限责任公司
开　　本　710 毫米×1000 毫米　　16 开
印　　张　11.25
字　　数　180 千字
版　　次　2016 年 11 月第 1 版
印　　次　2016 年 11 月第 1 次印刷
书　　号　ISBN 978-7-5108-3444-8
定　　价　38.00 元

一

山娃的爸爸是郎中，山娃还有一个妹妹叫小梅，山娃管她叫小妹。街坊邻居以为山娃叫她小梅，小梅、小妹的也就延续叫下来。

山娃爸爸在这深山老峪很有名，方圆几十里地的人全都知道他，人家医道世家到了山娃爸爸这代已经五辈了。他最大愿望就是要让儿子山娃能够继承自己，继承家族，继承医道，能把中医草药治病的事业传下去。

小的时候爸爸就培养儿子念医道，中草药里有些品种山娃已经背得滚瓜烂熟，就连相悖草药也能一清二楚。什么十八反，十九畏；当归、熟地、大黄、芒硝、党参、川穹、冬花……有个感冒发烧的，山娃也能开方子，还能根据病情适当加减草药的剂量。只是妈妈对于这些不感兴趣，说是只有上了大学才是山娃最好的出路。

爸爸妈妈的心思山娃都知道，唯一不知道的就是将来自己要干什么。山娃什么都喜欢，什么都想弄，任何事情都上心，按照爸爸的说法就是山娃太贪玩。

放暑假的第一天，山娃找了两个伙伴要到临山镇上赶集去。

一个叫毛榉子。毛榉子和山娃同在一个班读书，都是中学一年级，过了暑假他们就会共同升入二年级。

还有一个叫山竹子。山竹子和毛榉子不在一个班，他们是邻居，山竹子的家就在山娃家对面，中间隔着一条河。

山娃家在疙瘩坞，小山村。疙瘩坞离着临山镇的直线距离八里路，翻过小东山走不多远就到，若要走公路，弯来盘去恐怕十五里地也不止。

临山镇不大，就在一条山沟里。

临山镇的地盘方圆大约一百里，方圆一百里地全是山，只有一条山路通进来。临山镇上有条河，水从南坪山高处的一个泉眼流下来，沿途几条泉水加在一起成了一条河。河不大，也就两丈宽，河上有石桥，也有水泥桥。水泥桥面要比石头桥面宽，能够走汽车。石头桥面很窄，本来能走汽车，后来有个专家来过，说是这桥已经三百五十年，成了文物了。镇里有人就说要保护，从此石头桥面不让走汽车，甚至牛车马车也不让走了。

山娃同着毛榉子和山竹子来到临山镇，漫不经心地逛街景。

这里很繁华，临山镇不大，但也比疙瘩坞村大多了。有人在耍猴，有人在烤鱼。临山烤鱼是一绝，这里山泉汇集，鱼也鲜美，最是让人嘴馋。三个孩子站在烤鱼摊前看了半天，舔舔嘴唇也没人说买，关键是口袋里面没有钱。

三个孩子每个人背着一个药篓子，回去的时候他们要采草药，准备暑假卖了换学费。

“走吧。”山娃对着其他两个人说，两人看看山娃，再看看烤得流油的鱼，无奈跟着山娃走。

天气热，山娃穿个红背心。走到耍猴摊前，毛榉子和山竹子就想看，山娃不想看，他想到表姐铺子里，那里有空调，表姐是卖空调的。山里夏天不算热，有空调的也不多。临山镇方圆一百里地，只要想买空调就只有到表姐家的店。

表姐的电器商店叫中华，全称是莲莲中华电器店，临山镇里只有这一家。镇子南北一条街，从南到北也就二里地。

就在大家刚要走向莲莲姐姐家的时候，出事了。一条狗，也许看着耍猴的有气，或许什么东西惊醒黄狗，突然就从一家门洞里面蹿出来。

这是一条很大的金毛狗，金毛蹿出门洞以后就朝耍猴的这边跑过来，快要冲到猴子跟前的时候，或许是猴主人扬鞭子，吓着了金毛狗，又或许是山娃一窜一跳地走路太招摇,金毛狗就站在山娃面前吼起来。

“汪！汪！汪!”声音很低沉。

凡是养狗的人都知道,狗低沉叫证明这狗很生气,声音中透出狗的凶猛和愤怒。

山娃站住了,看着金毛狗也胆寒,心想金毛朝着自己声音低沉地叫,或许想咬上一口解解馋。山娃很担心,万一让狗咬着,自己来到临山镇可就不值了,刚刚放暑假,就是这样让狗咬了,在床上躺上一暑假?

山娃心里急着想主意,忽然看到一块砖头躺在脚边,伸手抓起来。金毛试着跑过来,山娃扬了一下手,吓唬金毛,金毛往后退了一下。山娃以为成功了,撒腿就跑,金毛在后面追。

三步两步山娃跳过一个沟坎,金毛紧紧跟过来,山娃站在沟这边。金毛开始尝试跳过沟坎追上山娃,山娃就在沟的这边扬手吓唬金毛,金毛开始准备跳沟坎,两只前爪紧紧扒住地,头低下,后脚抓地准备往前蹿。山娃这边一扬手,金毛攒足力气蹿过来,眼疾手快,山娃把手里砖头塞到金毛嘴里,金毛跳过沟坎摇晃脑袋叼着砖头跑掉了。

周围围了一堆人,都在看笑话,没想到却是这样一个结局。山娃吓出一身冷汗,浑身上下湿透了,瘫坐在地上。

毛榉子和山竹子跑过来。问了山娃到底如何？山娃说:“什么如何不如何？你也来试一试就知道了。”

山竹子说不敢。

毛榉子却说道:“这有什么,你如能够让狗重新来过,我也能把砖头塞到狗嘴里。”

说话可别赶巧了,三个人正在捣鼓着,山娃一回头,看见那条金毛狗又回来了。

“毛榉子,你看看后面是什么?”

毛榉子回头,金毛眼睛正好和他对上眼。毛榉子叫了一声撒腿就跑,山娃说:“站住！毛榉子你站住。”

毛榉子连头都不回地说:“我不站住,金毛狗咬我。”

“傻孩子,还是赶快站住吧,人家说的没有错。”路边有人说。

“我不站住，我站住了，狗就咬着我了。”

这个时候金毛已经追上来，紧紧跟在毛榉子后面跑，

山娃喊：“快站住，你一站住狗就不追了。”

毛榉子只好站住了，站住之后上气不接下气地扶着一棵树喘息。金毛狗也站住，金毛站住围着毛榉子转圈圈。虽然不时把嘴伸到毛榉子身上舔一舔，却是没有张嘴咬他。这个时候毛榉子是根本顾不上，张着大嘴喘气，眼睛看着金毛心里正打鼓。

片刻之后毛榉子缓过神，伸直腰杆挺起身。看看金毛还在围着自己转，心里有点虚。只看见金毛把头歪在自己腿上上下动，敢情是在蹭痒痒。毛榉子伸手摸了一下金毛，金毛抬头舔了一下毛榉子。这样的举动就表示和好了。山娃说：“看来你俩成了朋友了。”

毛榉子说：“尽胡说，你才和狗交朋友。”

山娃说：“你也不用狡辩，狗本来就是人类的朋友。”

山娃前面走，毛榉子和山竹子后面跟着，很快来到山娃表姐的莲莲中华电器店。进了门，没有看见姐姐。山娃问店员，人家说姐姐今天去了盘和庄，那是一个很远的村子，那里有个泉水涌泉眼很大。村里让莲莲店代购发电机，想要自行发电来解决村里白天用电量不够，经常停电的问题。

“今天回来吗？”山娃问。

“回来呀，哪能不回来？你姐任何时候都回来。”

正说着，进来一个人，白净面孔，显得很年轻，山娃一看是舅舅，就说道：“舅舅怎么也来了？”舅舅说：“没怎么，你姐在这里，我有时候就过来。你干什么来了呢？”

“不干什么。刚刚放暑假，想来看看我姐代收的草药都是什么价。”

“哦，你卖什么药，你爸还不都用吗？”

“用不了，我爸有我爸的收拾方法不让我沾边。”

“你看看，全都着土了，土都这样多，都是想占便宜，把土卖成药材价。”舅舅翻着已经收购的药材冲着店里的伙计说。

伙计说：“大叔您也别发火，这样的药材就是三级价，只是苦了我们这些伙计了，所有药材不管有没有黏土，我们都要筛一回，筛净之后才能送到国

家药行去。”

“嗯,这还差不多。”舅舅拍了拍手上的土对着山娃说:“走吧,你姐不在家,我们吃饭去。等吃完饭她就应该回来了。”

舅舅是妈妈的亲哥哥,兄妹两个还有外婆,外婆跟着舅舅过。

舅舅当老师,临山中学教师,教科技和劳技。

一行四个人,舅舅带着山娃他们三个来到不远处的小饭馆。

舅舅说:“想吃什么菜就自己点。”

山娃拿过菜谱来,仔细看了半天,交给毛榉子,毛榉子也看,看了一会给了山竹子。山竹子点了一个菜,清炒玉兰片。舅舅看看山竹子,只是笑了笑,没有说话又把菜谱递给山娃,山娃这回点了菜:一个木须肉,还有清炒蒜苗,加上一个回锅肉。一共四个菜,每人一碗米饭。

菜饭端上来 ,大家端了饭碗吃得狼吞虎咽,也难怪,疙瘩坞的饭菜绝对没有这里的好吃。三个孩子吃得香,舅舅就把服务员叫了过来,加了一个鱼香肉丝还有一个猪肉炖粉条,又加三碗饭,等到山娃他们每人端上第二碗饭,山娃舅舅松了口气。叫了柜台结账,然后告诉山娃说:“你们在这里吃,不够再要,过两天我还来这里,就会把账结了,不会欠他钱。”

“行,舅舅有事就走吧。我会按照您的话来做。”

舅舅走了。

疙瘩坞离着临山镇不算远,山娃他们三个顺着小沱江往上游走,到了三棵树,就是小沱江拐弯的地方,那是一块很大的石头,石头缝里长着三颗大柳树,有人叫这里三棵柳,也有人叫三棵树。

从三棵柳向上走,顺着弯弯的山路到了山顶再下来就到达疙瘩坞。这条是近路,如果要开车,就可以顺着盘山公路走,只是要远好多。

二

疙瘩坞村本不大，一条小河沿着村子后面流。山娃爸爸弄了一条水沟使河水直接流向自己家。家里做了两个很大很大的水泥池子，里面养着虹鳟鱼。虹鳟鱼是外来鱼种，必须得活水养，水质要清澈不能有一丝一毫的污染。另外一个池子养鲟鱼，是普通鲟鱼。鲟鱼一根刺，没有鱼刺当然大家喜欢吃。

山娃爸爸不在家，长年在外行医，名气特别大，祖上传下来治病救人的光荣传统深深扎根于他家每一代人心中。

话说有一天，山娃爷爷摇着虎撑走街串巷行医时，碰上一个快死的人，爷爷先是扎银针，然后开方不要钱还自己掏钱去买药，吃过三剂药那快要死的人就好了。然后就是病人子女追着山娃爷爷回山村，逢人就讲姚先生的故事，神医看好自己老爹，而且不要一文钱。不到一个时辰全村的人都知道姚老先生的事迹，从此山娃爷爷成了名人。

当然，这些事情只是个传说，到底真假也是无据可考。就如同医家挂的锦旗一样，有无真实性是无从可考的。

山娃的父亲没有读过什么书。小学读完六年级的时候发生“文化大革命”，一年停课闹革命，二年复课闹革命。山娃爸爸只是中学念了半年书就回到家乡种地，也上山采药，卖药材。

再后来，湖南出了赤脚医生覃大夫，然后全国纷纷出现赤脚医生“覃大夫”，山娃爸爸就在那个时候成了赤脚医生，从此给大家看病。当然了，做个赤脚医生也不简单，先要在临山县里医院参加学习班，半年结业之后才能回到疙瘩坞村看病抓药，幸好家传医道，爷爷那时虽然戴着黑五类的帽子，提起医道还是两只眼睛冒金光。山娃爸爸的名医之道也是没有离开山娃爷爷的教诲。

山娃爸爸佩服李时珍。

李时珍的《本草纲目》，手不释卷，卷不离身，每天翻书不止，想从《本草纲目》里面学出东西来。

山娃爸爸想当名郎中，想当名医就得能治疑难杂症。所以山娃爸爸上武当山，去找那里有名老道学习医术。

暑假了，家里只有山娃还有小梅和母亲。

东方红，太阳升，妈妈叫儿子：“山娃呀，该起床了，不能睡懒觉。”

“干什么？”山娃躺在床上不想睁开眼睛说。

“不干什么也要干什么。去把院里晒药的东西准备好，再等一会就把药材放在筛子上面去。”

“知道啦！”山娃说一句，然后翻身还是去睡觉。

妈妈接着拍门说：“快起床吧，人家毛榉子都来找你了。”

听见妈妈说了毛榉子，山娃一下坐起来，穿了衣服下地就要走，妈妈说：“慌什么，他在外面等着你。”

“哦。”山娃答应着，走出家门来找毛榉子。

没有人。

房前屋后都是空空荡荡的。

山娃垂头丧气回来了。没进家门毛榉子就从家门后面钻出来：“嗨！山娃，今天咱们去采药么？”

山娃说：“为什么不去呀？”

“不是，我是说咱们去个新的地方吧？”

“去哪里？”山娃问。

“想去南坪山，我爸说过的，南坪山上面有石斛，还说要能采到石斛就能卖个大价钱。"毛榉子说着南坪山就像已经采到石斛一个样,眉飞色舞的。

山娃说:"行,我想行。那个地方我爸也说过。我爸去过,说是只要能够找到那棵歪脖山竹,就能找到上山路。"

"行,那我回去准备。"山娃说。

"行,我去问问我妈,看看让去不让去。"毛榉子说。

毛榉子回家,山娃也回家。

毛榉子家离着山娃家不远,隔河相望,只是需要过小桥。门前河流在山娃家前面转个弯,东面是河,南面也是河,东南角是座小桥。

这里一年不结冰,偶尔冬日下个小雪会乐坏整个临山镇。家家户户大大小小全都出门玩雪,那个时候雪压树梢,铺天盖地白色笼罩,一派好山川。

等到红日升起时,更是雾气笼罩,虚无缥缈,简直就是神话世界,身在此地如同在仙境。

山竹子站在河边叫:"山娃,出来一趟啊!"

山娃刚刚进门,听见山竹子的话就出来。

"干什么?"

"昨天晚上我妈说,这个时候正好采石斛。"

"哦,你也去。咱们一起去。还有毛榉子。"

"行,我去准备,准备两天还是三天干粮呢?"

"两天就行吧,三天干粮带着沉。"

"嗯,没事儿。我说两天也行,南坪山我家有亲戚,实在不行就到我家亲戚那里去。"

"好吧,就这样。"

三

山娃,山竹子和毛榉子,高高兴兴上山去采药。

站在临山镇的街上能够看见南坪山顶,很高的一座山。雄伟高大自不必说,单说临近山顶的突然耸起的样子就是典型北方山的特征。

远远看着山高大,直上直下的,根本无路可走,近到山前还能看见悬挂山腰的石斛。前几年,电视台的一帮人就去过那里,顺着登山绳索攀到山顶,若要采药就顺着绳子下来,身体贴在石壁上,采到石斛之后赶紧走,据说那个地方好多狼虫虎豹都守着,万一碰见任何一种野兽小命就完了。

虽然很危险,还是有人去,因为有真货,那里长着野生石斛,几乎可以和黄金等价。

几个人到了临山镇,来到莲莲姐姐的电器店,盘桓一小会儿后姐姐回来了。山娃就说他们要去南坪山上采摘石斛。姐姐说:“瞎胡闹,石斛也是你们能够采的么?”山娃就说:“姐,你可不知道,石斛可是贵重药材,能卖好多钱。”姐姐说:“山娃,我在这里收购药材我还能够不知道?收了好几年了,没有一家上了南坪山上采摘石斛的。”

“人家电视台的还给采摘石斛的人拍过照片呢。”山娃说。

莲莲说:“你说的那个事情我是知道的,那是湖北人,我们这里不是湖北，人家上山多年经验，你们去万万不行。”

“我就不信我们三个上不去。”山娃很不服气。

“不管怎么说，去也好，不去也好，反正我是不同意。你若非要去，我还给你准备三天的干粮。小王！去到隔壁买上十个一斤的大面包，还有六根香肠，还有每人十个卤鸡蛋。”

“那还买水么？”小王是在献殷勤。

“不用，山上的水就够他们喝的了。”

“那好吧。”伙计出门买东西。山娃几个就在姐姐店里转，最后看到姐姐电脑挺好玩，就让伙计给打开，看到里面事情真不少。

“怎么能够看到石斛呢？”山娃问。

有人过来打出石斛两个字。果然有关石斛的事情全都跑出来。山娃来兴趣了。刚要继续玩，店里伙计就把面包买回来。

“给你们，就三天，三天你不回来我就永远不要看见你。”

“哎呀姐，说话够绝的，什么三天我不回来，你就不再看见我。告诉你，回来不回来的你是都要管，三天我们回不来，你要带着人去上山找我们。”

“嗬！山娃干吗？有两下子呀，你还讹上我们了。行啦，我不留你，你们赶紧走吧，趁着天亮赶到南坪山庹老太那里。”

“姐姐你还真的了不起，能够呼风唤雨的。”

“胡说什么呢？小孩子家不要胡说八道的。赶紧走吧。这会走呢，傍晚就能到达半山腰，那里有三户人家。你找姓庹的，他们跟我认识。”

“庹辛埠，那是我的远方亲戚，我要管她叫表嫂。”山竹子插嘴说。

“那就更好了，走吧。”山娃很高兴。

姐姐送山娃出了门，站在店门口摆手送他们。一直到了临山镇外小沱江，山娃他们坐上一个竹筏，才见表姐回到商店去。

在临山镇里看着南坪山很近很近的，其实不是，出了镇子还要坐上竹筏漂流半天才能到达山脚下。

小沱江，意思就是比不上大坨江。这里没有沱江的宽广却有沱江的韵味。说是小沱江，其实就是一条小溪沿着临山镇汇集的泉水，出了镇子河水变得沉着冷静的。

小坨江的水变深，竹筏就能在上漂流，说它沉静就是因为深了，水的暗流也就潜到下面，表面看风平浪静了。

山娃三个坐在竹筏上面感觉风光实在好。青山绿水迂回婉转在山涧，山泉瀑布闪现每个峰回路转处。真是美景看不够，美景赏不完，甚至还能看到古代的悬棺。

“大叔，我们坐您的竹排要花多少钱？”山娃问撑竹筏的人。

“花不了几个钱，你们就是白坐呢。”撑竹筏的人说。

“花不了几个是多少？”

“三个娃儿，一共才挣三十块钱。你说还多吗？”撑筏的人说。

“啊！三十块？好多一笔钱呢。”

山娃几个嘀咕着，看着竹筏转过五个大山弯。竹筏贴到山边，撑筏人说：“下去吧，就从这里往上走，大约三个小时能够爬到半山人家那里。”

三人下了竹筏上了岸。抬头看看山坡上面没有一根草，就和三角板似的。仔细看，有一股清泉顺着光板山坡流下来。虽然好看，可是流着水的山坡被冲得更光滑了。

山娃试着爬两下，还真爬不上去。看看其他地方，山娃发现还有一道石阶梯子可以向上爬。

“要不人家说，石斛不好弄。我倒想不是石斛不好弄，是说采摘石斛真要历经千辛万苦。”山娃发感慨。

毛榉子不说话，慢慢爬到那个细小的天梯旁，然后就朝这边招招手。山娃站在原地没动，看着江对岸。山竹子在山娃后面，一只脚还站在江水中。

“快过来，过来就能上去了。”毛榉子说话。

山娃试了试，根本站不住，只好手脚并用慢慢爬过去。山竹子也学着山娃的样子慢慢爬着石阶路，三人慢慢向上爬着走。看不到尽头，全是光秃秃的石头。太阳光光照，山水清涧流，只走低头路，不见山上头。

好不容易走上公路，看看下面，三人都不知道自己如何上来的。小沱江，真是我们的骄傲。

站在公路边沿看着下面风景，三人相视而笑。笑得前仰后合，感叹事情原来就是这样，曲曲折折，弯弯转转，最后就是到平原。

大家很高兴,水路要比旱路少走大约二十里。

抬头看看山,山坡上面有人家。山娃就问山竹子:“山竹子,你说你的亲戚是在那个地方吗?”

山竹子往上看看,想说话也觉得没把握,手搭凉棚挡住阳光仔细再看看,说:“应该就是吧,我来的时候这里没有路,我爸带我来的时候也是走的旱路,不是水路,到亲戚家里大约要走两天呢。”

“哦,这么难?”山娃说:“你看咱们才用半天时间就到这里,我们要比你当年快多了。”

“可是你知道吗,为了修通这条山路,死了好多人呢?告诉你,三十八个人,三十八个人的灵魂就在前面不远山坡上。”毛榉子一边指着坡上一边说。

大约两个小时路,三人终于到了半山腰。真是不识庐山真面目,只缘身在此山中。站在远处看的南坪山是很好看,现在到山上了,却是什么全都看不见。三人走在茂密树林中,林间小路一直领着三人直接来到三户人家的门前。

说是门前其实没有门。

每家一个平台,平台下面是个条石阶路。山娃就问道:“山竹子,你说说,这里怎么能够生活呢?”

山竹子说话:“山娃哥,其实你是不知道,我来的时候是坐拖拉机来的。手扶拖拉机,一路冒着黑烟来到我家亲戚这里的。你说没有路,那是我们这边没有路,山路全在那面,这面有着小沱江,那面山坡没有这面陡。”

“哦,我说呢,那走吧,咱们去你的亲戚家。”

山竹子的亲戚不在家,倒是邻居过来说:“他们一家都走了,搬到下面去了。自从小沱江搞了旅游开发漂竹筏,他们就走了,跑到下面搭个茅草窝棚度日子,不过话又说回来,人家搞了三条筏,一天跑两趟,上午一趟下午一趟,每人能挣一百多块钱。我就不行了,每天上山采药去,累死累活还是没有人家挣得多。等过年,我也想到下面去,挣些活钱也比上山下水采药好多了。”

“哦,是啊。大叔,我们就是庹家的亲戚,想在您这儿歇一歇,您看可以吗?”

“没有什么不可以,吃饭睡觉都行,也不用谢。谁让我们能够见面呢,见面就是朋友了。”

“那太好了，谢谢了。”山娃见到人家答应了，也就跟着人家上了台阶进到房子里。

太阳下了山，黑暗很快压过来。

进到屋子后，人家招呼坐，山娃就说他们还没吃晚饭。

这家主人挺热情，倒了开水给他们。山娃他们拿出面包吃。过了一会主人又过来，说是你们可以睡，愿意用被子，就到柜子里面取。山娃就说好，谢谢人家，人家也就出去了。这个时候进来一个小姑娘，圆圆脸，大大的眼睛看着挺美丽，小姑娘进来之后开电灯，电灯虽然不是很亮，却是照到屋子每个角落的。

“小姑娘，给你面包吃。”

“我不吃，爸爸不让吃。”

“为了什么不让吃？”

“爸爸说过别人给的、地上野的、没有大人允许都是不能吃的。”

正说着，房东又过来，山娃就说想让小妹吃了面包，房东就说实在吃不了，刚刚吃饱饭。山娃就把面包给了房东，房东领着女孩出去了。

功夫不大房东又过来，说：“我和你们说，睡觉可以，但有一点我要说明白，晚上你要睡不着，不管发生什么情况，你们全都不要往外跑。再有就是听到什么声音你们也都不要往外看，听见了吗？”

“听见了，谢谢您。”

“你们一定要听话，既然你们听懂了，也就不要出来了。”说完话，房东也就退出屋子。山娃看着房东关上门，就问毛榉子：“你说房东为什么要说这些东西呀？”

“我怎么知道啊？你都不知道的事情我哪能知道呢。”毛榉子说话不好听，山娃又问山竹子。山竹子说：“你是真的不知道呢，还是在和我们没话找话说？”

“什么意思啊？”山娃真的不明白。

“我说你就是在糊弄我，难道你不知道为什么？”

“不知道。”山娃好像受了多大委屈似的说。

“告诉你,晚上不让开门是说这里有猴子,猴子晚上来了就会吱吱呀呀叫,你要出去猴子就会进来,会把屋子里面东西翻个底朝天。至于不让看,那就说明这里有黑熊,黑熊晚上来到家里就会找东西,房东是怕你看到黑熊害怕,吓破胆。”山竹子一股脑说完了,问了一句山娃说:“这回明白了吧?”

“明白了,你要不说我还真的不知道。”

本来很好的气氛就这样破坏了,黑暗中,大家各自睡下来了。首先就是山娃脸上有蚊子来,“啪”的一响山娃拍蚊子。然后就是每个人都拍蚊子,山娃一次,山竹就一次,然后就是毛榉子,三人有时轮流有的时候同时拍,反正就是屋子里面噼里啪啦响不停。最后山竹说:“我说咱们甭睡了,干脆起来拍蚊子。”三人坐起来,却是不敢开灯,开了电灯蚊子会更多。

三人黑暗当中坐,山娃提议说点什么,大家也就不困了。毛榉子说话:“山娃哥,我在想着你将来要做什么?”

“你说我将来能够做什么?”山娃问:“你要说对了,我会赏你东西的。”

“什么东西都不要,就是说说话。我想将来你就是个郎中了。”毛榉子说完咂咂嘴:“想来你的将来肯定是。”

山娃说:“你说得也对也不对。”

“为什么?”山竹说。

“你说的这个事情不但你知道,全村子的人都知道,那是我爹的主意,说是我家五辈六辈的神医,还说我现在学习就是为了当郎中。我的话,郎中可以当,郎中能看病,却看不了自己何时能够终了埋进土。我想我要上大学,我要当个大医生。你们明白吗?”

“不明白。”其余两人都是这么说。

“我的意思就是说,大医生能看大病,哪里有病就能治哪里。草药能治病,但是不能包治百病,我要当个全能医生,所有疑难杂症都会治。”

“明白了,山娃的志向真不小,我们应该向你学习呢。”毛榉子说。

“那当然,要是都向我学,来个全国人民学习山娃你说什么劲头!”

“那你就成精了,你是全国人民学习的榜样,我们跟着也沾光。”

“你能跟我沾什么光?”

“就是沾个大医生的光。我想做的事情就是要挣好多好多钱,不让我爸出去打工,要让我爸在家看着我。也不知道我爸今年回来不回来。我可想我爸了。我爸给我买好吃的,还带着我去到镇子上买好玩的,反正我爸对我特别好。”毛榉子说这话时显得很忧郁。

“你妈就不好啦?”山娃问。

“谁说我妈不好了,我看我妈够累的,每天晚上要给我做饭,还要剁猪菜,还要给大队干活,还要看着电话机。有的时候我想给我爸打个电话我妈都不让。还说那是公家的电话机,没有公事不能打电话。我无语,你说我妈也是,我爸不在家的时候我妈看着我爸相片净发呆。”毛榉子说。

“那你呢?”山竹子冒出一句话。

“我怎么了?我就好好学习呗。好好学习不让我妈着急,这是我爸跟我说的。”

“该你了,山竹子。毛榉子说了,我也说了就该你说了。”山娃说。

“我呀,没有你们的志气。我什么都不想,就想我爸我妈在一起。我妈为了我,省吃俭用的,我的学习又不好,就想初中毕业上个中专就行了,也好早些挣钱养活我妈。我爸不在家,也不给家里寄钱来,爷爷奶奶死了之后我爸已经好长时间没有回家了,我妈有的时候哭,还说将来指望我,那个时候我就特别心疼我妈,我要好好孝敬我妈才对。”

山竹子说的是实话,村子里面都知道。也许事情太沉重,山娃还有毛榉子也是不好受,也就没有兴趣聊天了。拿着衣服包着头,睡下了。等到院子里面响起熊叫声,三个孩子谁都没醒。

“嘿!小伙子们,该起啦!”房东拍门叫。

首先回话是山娃,睁开眼睛坐起来,说了一声:“知道啦!”看看毛榉子,还在歪着脑袋包着衣服睡,推了几下推醒他,然后推山竹子,山竹子却说早就醒了。

大家都起来,开门迎客,出门看见一群猴子正在屋子前面树上摘果子。山娃找个木杆子,刚刚举起来,猴子一声尖叫全跑了。

抬头看看天,乌云山间转。空气很是潮湿,好像要下雨。坐在台阶上面吃干粮,大家喝着泉水,吃面包。房东说:“怎么样啊,小伙子?”

“没事,挺好的。”

“哦,晚上没有吓着你们吧?”

“没有啊,为什么要吓着我们呀?”山娃问。

“你们不知道啊,晚上黑瞎子来了,好长时间都没来了,幸亏我把能够吃的全都藏进屋子里,黑熊没有吃着什么,吼了几声溜走了。”

“是吗?我们不知道,可能睡得太沉了。”

“哦。那没事了,你们吃吧。”房东转身要走。山娃打开书包拿了半个面包给房东:“大叔,我们也没什么东西送给您,就给小妹妹一点吃的吧。”

房东说不要。正好小妹妹过来玩,山娃就势给了小妹妹。小妹妹接过来就笑,山娃就让小妹妹尝一尝。小妹吃了一嘴就说:“很好吃。”山娃他们很高兴。谢了房东之后出门上公路。

走上公路山娃问:“还采药去吗?”

山竹子没说话,毛榉子说:“为什么不去呀?我们已经走了一天路,到了这里还在山上睡了一夜,忽然不去了?我还想着不用我妈给我交学费,自己采了石斛卖钱自己交呢。”

“那好吧,那咱们就去。”山娃说完看看山竹子,山竹子说:“看我干什么,你说去就去,我也没说不去,去就去呗。走!”

三人沿着公路走,盘山公路一盘连着一盘拐弯之后还是一盘弯。

公路上,虽说汽车不很多,也是总能看见汽车。山很高,这里应该就是半山腰,能够看见云雾缭绕,转眼这里就是雾气昭昭。

山娃看看山,突然说:“我就觉得我们要是能够直接走,不走盘山公路会很快到达山顶的。”

“我想也是。”毛榉子举手赞成说。

“那咱们就爬山。”山竹子也是这样说。

“那就爬。”山娃说着就站住,找棵小树折了,剥下树皮捆在脚腕上,裤腿也就严实了。毛榉子问:“这是干什么?”

“你没看出来?这是上山必要的措施,留神毒蛇和蜈蚣,不让蚂蟥盯上腿。”

“还是你高明,我们也得这样做。”

毛榉子和山竹子也就折了小树剥皮绑在脚踝上。抬头看,山娃手里拿着一根棍子，毛榉子就笑说："怎么学习老头啊，还拄上拐棍了。"

"这个你就不懂了，下山时候当拐棍，上山就要当武器用。'

"当武器？"毛榉子不明白。

"上山时要用棍子前面扫，万一有蛇也就跑掉了，这叫打草惊蛇。下山时候拄一下，省得走路太戳脚。"

"完啦！"山竹子说。

"没有啊。还有假如遇到水潭不知深浅还可用它试一试，再有就是找木棍的时候要找带着钩子的，上坡若是太高还能用它钩住树枝保安全。"

"好家伙，怪不得大家全都信服山娃哥，敢情真是有两下子，今天我是真服了。"山竹子说实话，这让山娃很感动，敢情山竹子原来也是不服自己，今天才明白。

山娃感到很高兴，也很骄傲，自己父母给他一副好底子，聪明，好学成绩也不错。

俩人学着山娃找了树棍，山娃前面已经开路了。

山很陡，说不上坡度有多大，反正手脚并用，山娃很快爬上一个坎，站在路上看看下面，山竹子和毛榉子，他们两个也是奋力向上很快上来了。

"怎么样，拐棍管用吧？"山娃问。

"管大用了，刚才要不是这个钩子钩住一棵小树，我还真的上不来了。"毛榉子抹着头上的汗水说。

山娃说："嗯，学着点吧。"看了一眼山竹子，见到他也上来了，接着穿过公路去爬上面那个坎。

从公路下面一点爬到上面坎上，高度大约二十米，坡度肯定陡，要是不陡也就不用盘山公路了。山娃从小就在山里跑，跟着爸妈上山采药。山娃妈妈一般都背着他，等到山上平缓些，就会放他下来。采药很辛苦，出门就是一天，渴了就喝山泉水，饿了吃点干粮，妈妈会把米粥、馒头装在罐罐里，然后包在塑料布里捆好装在身上，一直保持温暖，好让山娃吃得暖和些。

那时候，也是爸爸正当时，他努力想成为名医，有人请他就出诊，哪怕山高路远水深天又黑也要去，为了赢个好名声。

山娃自小觉得爸爸妈妈真的不容易。

心里想着其他事,山娃动作就慢些,一不留神毛榉子就上去了。山娃一看不行,抓紧追,三下两下钩住一棵酸枣树,双手一用力,两只脚就蹿上去,就劲使劲山娃还是抢到毛榉子的前面首先上了公路。

回头看看毛榉子,站在那里也是脸色红红的。再看山竹子,还在下面往上爬。山竹子不着急,他曾说过不能让他妈妈急坏了,自己就是任何事情都不着急,保持身体好,妈妈不着急。学习不是太好也不坏,太好了,就要拼命,妈妈看着心疼,太差也不好,好不容易开个家长会,妈妈去了会听到老师说,你家孩子如何不好,如何不听话。或者如何学习好,大家要向他学习,就会把他推到风口浪尖上,那样的话妈妈就会担心。万一成绩下降妈妈也是不高兴。反正山竹子的心思山娃知道的。一切以他妈妈为准,不让妈妈操上一点心。

山娃也不催,任凭山竹子慢慢爬上来。山娃还知道,妈妈说过山竹子的爸爸在广东有了新家,那是爸爸出诊给人看病,一个病人家属说给爸爸听的。妈妈叮嘱过,绝对不能说给山竹子,再让婶婶着急,妈妈说怕山竹子的妈妈会出事儿。

差不多直上直下的,爬了大约百米以后,山坡变缓和了。山坡上山花烂漫,再往上看,就是一片森林包围的直上直下的山柱子。那个柱子大约要一百多米高,缓坡上面还有茂密的树林子。这里是前山,后山就是小沱江,几乎刀切一样的高山。

山娃知道的,石斛很珍贵,却是很不好采,要在悬崖峭壁才可能得到。山娃还听爸爸讲过,这个围绕石头柱子的树林要有三四百米才能到山根,然后找到一棵歪脖竹子,竹子箭头对的方向才能找到攀上高山的路。

看到石头柱子山,大家很高兴。站在高山缓坡上,四处看看。漫山遍野花烂漫,真想躺在鲜花当中看天空。看着天空很感慨,世界真好,人生真好,周围的人也都是好人。

三人躺在鲜花丛中,仰望天空,乌云好像停止走动了,静悄悄地待在南坪山的上空不知等待着什么。山娃不想别人知道这个山峰有石斛,就说道:“咱们走吧,赶紧上山采摘石斛,之后下山回家去。”山竹子和毛榉子就说好,大家欢欢乐乐地往山上跑。

四

三辆大汽车，开到鲜花盛开的地方停下来，车上下来很多人。还有一辆小汽车也开上来，小汽车开得要比大车远，停下之后下来几个人，很麻利地做着什么，有人就在附近忙，也有的人忙活一阵又上了汽车。汽车接着开，开往半山腰，很快到了树林边缘停下来。

然后看到大车继续往前开，开了一会儿之后又停下来。一个横幅展开，横幅上面写着字“欢迎国家无线电测向队来我地区指导无线电测向比赛”。有人把横幅挂起来。

这时有人开始喊话，好像在检录了。

“3013号，3013，2106号，2106号……”

叫到号的同学上前去，排好队准备参加比赛了。

时间不长已经排好六排队员，工作人员开始拿着清零装置让参赛运动员清除指卡上面的已有信息。接着就是等待倒计时器的出发口令。

红灯一亮开始打点：“嘟”一声，告诉大家五分钟的准备开始了。

“3456号，3456号，3721号，3721号……”检录还在进行着。

起点裁判长拿起对讲机：“终点，终点，起点已经开始五分钟的倒计时，你们也要开始准备了。”

“终点明白，终点明白，准备开始。”对讲机里传来终点的声音。

随着倒计时器最后“嘟”的一声响，参赛队员的指卡点到“开始”的计时器上，比赛开始计时了。

一排队员冲出去，开始寻找信号源，即电台。

长 2 米，它是无线电测向比赛的一种。它是最好看的，最富有遐想的一种比赛。它是我们经常在影视作品中见到的，侦察电台的那种，也是追鸟观鸟或者观察大熊猫动向的那种机器。

一辆汽车追着测向队员跑，后面车门开着有人正在用摄像机记录比赛队员的影像。

“董冬冬！不要着急，稳住了。”有人在车里喊，镜头给了董冬冬一个特写。

特写：董冬冬在打卡。

特写：董冬冬在找台。

可以看到漫山遍野都有学生在找电台，鲜花丛中很好看。

树林里，山娃带着另外两人围着高山转，转了一圈后山娃有点着急了。本来爸爸带他来的时候有一棵歪脖竹子的，现在无论如何也找不到。

毛榉子问道：“山娃，到底还能找到不？”

“我也不知道啊！上次我来的时候明明见到那棵歪脖竹子的，竹子顶尖是黄的，还有一根红布拴在上面，现在却是看不到，你说着急不着急？”说着话，山娃坐在一块石头上，毛榉子有些沉不住气地说：“说好的，两天就能回家的，还有山竹子，他妈只说就能去两天，现在这会儿恐怕都有中午了，还没找到上山的路，你说我们干什么呢？”毛榉子的话音有点哽咽，再说一句眼泪就要掉下来了。

山竹子没说话，眼睛看着山娃。

山娃知道他，慢性子，只是信任自己他才不发火。

“要不再找一圈看看吧？”山娃说了一句话。毛榉子就接话说：“你也别着急，你先说说现在东南西北都在哪个方向吧。”

“哦，这好办。”山娃站起来，站在当下说：“这边是北，那边就是东。”

“是吗？那我要是说这边是北，那边是东呢？”毛榉子横在山娃身边说。

“这个吗——，我也说不好，没有太阳我也不知道东南西北，你说说？”

"我也不知道,我要知道也就不问你了,明白吗?我们迷失方向了。"

最后一句话,山娃一惊,站在野外迷失方向可是很危险,这是爸爸说过的。迷失方向可能永远不会找出来。爸爸还说过,迷失方向后最好的办法是顺着小溪流走,无论如何都会走出山,会走上公路,那时候肯定就安全了。

可是转了一圈都没有发现小溪水,没有泉水流出也就不能顺着溪水走出大山了。

山娃有点绝望了,毛榉子甚至摆出拳头说:"告诉你,山娃子,要是我们回不了家,我妈就会着急的,就会找人来找我们,那个时候我妈就会告诉你妈来揍你。"

山娃说:"这个倒不怕,你妈要是来了,我们就能出去,现在关键是我们不知道东南西北,我们出不去。"

"也倒是,怎么办呢?"毛榉子的眼泪流下来:"要是知道这样我就不来了。石斛没采到,还让蚊子叮咬一夜,满脸是大包,现在还迷路了,你说我妈能不着急么。"

这个时候突然听到一种很奇怪的声音传过来,"嘀嘀——嘀嘀嘀——哒!"好像电影里面电报的声音。

一个人,他趴在山娃他们身后仔细看着这边,此人显然不是学生,藏在这里看守什么呢?

然后听到哗啦啦响一阵,山娃看见有人出现了,手里拿着不知名的东西,上面带着天线左右摆动跑进树林里。

山娃心里急,看见突然出现人的身影吓一跳,赶紧趴在地上,大喝一声:"你是谁?哪一部分的!"

来人突然停住脚步,愣一下,然后猛地一闪,藏在一棵大树后面,手里摇晃那个东西在大树后面说:"你是哪部分的?"

山娃说:"我在问你呢?你先说了我再说。"

树后的人说:"不行,必须你先说。"

"我们是疙瘩坞的,来到这里采石斛。你是干什么的呀?"这是毛榉子的声音。

"我们在进行测向比赛,石斛是什么?"大树后面的人说话。

“石斛就是一种草药，很值钱的一种草药，我们想采石斛卖钱交学费。”

“哦，你们是学生。”大树后面的人出现了。手里拿的东西山娃觉得很好奇。一个东西上面长出几根天线来，天线还能颤动，好像挺神秘。

“你叫什么？我叫山娃。你手里的东西叫什么？”山娃问。

“这叫无线电测向机，是来进行测向比赛的。你们不许动。”大树后面的人走过来，山娃看见是女的，也就放松了，三个孩子全都站起来。

“我叫董冬冬，是到这里进行无线电测向比赛的，你们干什么来的？”董冬冬问。

“哦，董冬冬，我们叫你冬冬姐吧。”

“行。”

“我叫毛榉子，他叫山竹子，山娃带着我们来到这里想采石斛，回去卖了钱交学费，却没想到迷失方向了，冬冬姐，你能带领我们走出树林吗？”毛榉子说话。

“可以呀，只要手里拿着这个你们就不会迷失方向了。”

“是么？能有这么神奇吗？”山娃来了兴趣过来看着冬冬手中的测向机。

“这个叫作测向机，是寻找方向的，有了这个东西，耳朵听着电波的声音，就能够走出大山了。”

“哦，冬冬姐你是中学生？”

“是啊，高中学生，来到这里参加比赛，准备出国参加世界锦标赛。”

“啊，可真好！冬冬姐，您说我们能够参加么？”

“可以呀，一般这种比赛都在大山里，你们山里孩子一定山路跑得快。”

“当然了。”山娃挺高兴，看着冬冬和她手里的机器很好奇。就在这时候，一头黑熊出现了，黑熊不是很大，它是能够让人看了都想亲近的那种还没成年的小黑熊，毛茸茸的很可爱。有人想亲近小黑熊，山娃说：“大家赶紧跑，有了小熊，后面一定跟着黑熊妈妈，小熊不可怕，黑熊妈妈才可怕。”

听到山娃这样说，所有的人都赶紧跑，密林当中远远看着山娃他们的那个神秘人赶紧上了树。冬冬径直绕过黑熊到了一个地方弯腰刷卡，再返回准备跑出大山去。山娃带着毛榉子和山竹子等着冬冬一道走，冬冬回来带着大家就往山外跑。

一个声音“吼”一下,黑熊妈妈果然出现了。

这个时候忽然后面一个人大声说:“上了树的不要动,没上树的赶紧屏住呼吸躺下,你们是跑不过黑熊的。”

一席话,大家似乎明白了许多。其他的人全都上了树,只有山竹子还在跑。黑熊紧追,山竹子一下就倒在地上,脸朝下。黑熊很神速,到了山竹子的身边迅速翻过山竹子,嘴巴在山竹子脸上嗅了一会,可能觉得没有危险,转身走了。走的时候还向树上的大家招招手,似乎说再见,接着大摇大摆向着密林深处去,后面一头小熊紧跟着。

大家下了树,蜂拥到了山竹子的身边把山竹子扶起来,山竹子说:“真的没有事,就是狗熊闻我脸的时候觉得很臭还腥气。”

“是吗!”大家同时躺下学着山竹子。

刚才大吼大叫让大家上树的人走过来。

“你们觉得还好笑,真的很危险。要是黑熊不相信这位学生,就会连抓带咬把他撕巴了。”

山竹子站了起来接着又跪下:“您是老师我看出来了,谢谢您的救命之恩,我就给您磕头了。”

“哪里话,是我们的失误,没有想到这里还会有黑熊,对不起。”老师赶紧扶起山竹子,还给山竹鞠了一躬,山竹子十分感动。

山娃说:“我们赶紧回家吧,我都已经想家了。”

“哎,不对吧,你们不是要上山上采摘石斛么?”冬冬说。

“嗨,我也明白了。石斛很贵很贵的,既然石斛很贵一定有贵的道理,物以稀为贵。”

“那要怎么样?”冬冬问。

“还能怎么样?石斛再珍贵也没有我珍贵,是吧,我的伙伴们。”山娃对另外两个说。

毛榉子和山竹子都点头。

董冬冬手拿测向机前面领路,后面跟着一群人。呼呼啦啦跑出树林,径直奔向终点。

五

自从南坪山采摘石斛归来之后，山娃子就迷上测向了。

问了妈妈想买一台测向机，妈妈说要等爸爸回来才可以。山娃没办法，只好在家做作业，休息的时候去门前钓鱼。

山娃家门前一条小河流过，那是小沱江的源头。

水很清，村里的人就在水里洗菜、洗衣，当然那是有时有点儿的，一般情况早上六点到八点，从上到下整个小沱江的源头村落都在淘米洗菜，八点以后才是各家各户自由时间随便你使唤。

河水从北向南流过来，流经山娃家门前拐了个弯，转向西边。山娃爸爸就在南北向的河道山面垒砌水坝抬高水的位置，让水从坝顶上面流过去，这叫滚水坝。然后挖了一个水沟把水引到自家院子门前，穿过水泥池子重新回到小河里。

水泥池子很大很深，里面养着虹鳟鱼，另外一个池子养着鲟鱼。

这里是山区，而且还是封闭山区，没有多少游客来，山娃家里养的虹鳟鱼只是为了临山镇的饭馆用。

莲莲表姐每周来两次，摩托驮着两只水箱，两只箱子装上虹鳟鱼就走，后面还有一个小小氧气包给供氧，虹鳟鱼不能缺少氧气。

沿河住户都在养鱼，山娃家里养鱼池子不算太大，爸爸不想把精力全都放在养鱼上,爸爸认为养鱼就是为了生存不必太过上心,医术高明才是正经。

山娃爸爸现在不在家,说是上了武当山,去找老道学习医术想成为名医。

山娃家养鱼,山娃家里不吃自家养的鱼。山娃家里觉得养的鱼是招待客人挣钱的,从小到大山娃家里从来没有吃过自己养的鱼。每当山娃想吃鱼了,爸爸就会蹲在河边钓,钓鱼之后烧了才给自己吃。

昨天回到家,毛榉子到现在都没起床,没来找自己。山竹子也没来,也许太累了,人家全都没起床。山娃觉得没有意思,找了竹竿拴上一根棉线,再用缝衣针在火上烧红弯成鱼钩,拴在线上,找了几块牙膏皮,剪子剪了细条绕在线上,再用塑料泡沫拴在线上当做鱼漂,一根钓鱼竿就算完成了。

蹲在自家门口钓鱼,柳荫之下也是挺凉快。

妈妈一早去采药,那是爸爸的嘱咐,“种地不误节令,采药不忘时效”,有的时候忘记时效药材的药性就会打了折扣。西屋墙上的草药时效写得明明白白的,爸爸出诊或者学习的时候妈妈就会看看墙上的挂历,帮助爸爸做好工作。

河边一棵大柳树,树根长在河岸上,根深叶茂柳树长得很高大,山娃坐在树根上,看着河里的鱼漂眼睛直直的。

突然间,鱼漂上下动,山娃猛地一拉,鱼线出水,鱼钩却空空如也。

拿过鱼钩来,看看蚯蚓还在,整理好了之后重新扔到河里去。这时候,毛榉子来了。毛榉子昨天晚上回到家里,挨了妈妈一顿说。说他净顾了玩耍不做作业,会打电话告诉他爸爸。毛榉子的爸爸不会打他,但是毛榉子是怕他爸爸的。

爸爸在北京,做着泥瓦工,每天在盖大楼,回家时候讲给他听,毛榉子就很羡慕。看看爸爸黝黑粗壮的胳膊,毛榉子就感到爸爸很伟大。爸爸可以不抽烟不喝酒,爸爸却给毛榉子买了电脑,说是供他学习,爸爸在家时候毛榉子就整天围着电脑转。

毛榉子爸爸每年就回一次家。春节来临的时候,毛榉子特别盼望爸爸回来,爸爸回家可以带他串亲戚,带他去外婆家,还会带他去临山市,那里要比临山镇的东西多多了。

爸爸每年在家里待上那么几天就会走,重新上北京去。有一次,妈妈说:“今年就不去了吧?”

爸爸回答:“哪能不去呢?现在工资都涨了,一天二百多块,你能一天挣二百多块么?还有呢,我现在是个工头了,当了工长了,挣得更多了,怎么能不去呢?你想啊,毛榉子一天比一天大,先不说他能不能上大学,上个初中高中也要花钱的,将来要是上大学,更要花钱,还要给他娶媳妇,样样都花钱。这个时候不多挣点,将来怎么办?”

一席话,妈妈没话说,只好看着爸爸重新上路绕过山弯,到临山镇去坐火车,然后再转郑州去坐直奔北京的大火车。

山娃在钓鱼,突然一块石头飞来正好打在山娃鱼漂处,山娃有些愤怒地抬起头,看到山竹子走出院子来到河边了。

看到山竹子来到河边,山娃说道:“钓鱼吧,河里鱼挺多,我还看到有大的。那不是,还有黑鱼呢。”

“行,刚才我妈不让出来,让我学习做作业。你等着,我这就回家拿鱼竿。”

山竹子刚刚回去毛榉子就出现了。山娃家和毛榉子家也是隔河相望,只是毛榉子家在山娃家的左边。

毛榉子过了河,来到山娃身边说:“我妈说了,石斛采到没采到的没关系,只要人没事就行。我说可不是这个样子么,还说了你许多的好话,逼得没办法,只好说了晚上蚊子叮得的事。你猜我妈说什么?”

“说什么?不知道。”山娃说。

“我妈说是应该的,应该让我尝尝蚊子叮咬的滋味,也就知道爸爸在外面打工有多难。现在我妈去镇上,我爸来了汇款了。”

“哦,那你也来钓鱼吧。”山娃说。

“嗯,我这就回家去拿钓鱼竿。嗯,坏了,我的钓竿线折了,我还得去拴鱼线呢。”毛榉子说完还站在河边,直到看见河里有了几条大鱼才回去。

山竹子出来，拿把铁锹过河来到山娃家，先到菜园去挖蚯蚓，然后才回来。

两人的脚全都浸在水里，这样觉得舒服些。河水慢慢流，可以看见有鱼在水中游。水深大约二三尺，有些地方能够看见水底。大部水底都是水草覆盖着。俩人鱼竿不一样，山竹子的鱼竿才叫鱼竿，那是他爸从广东给带回来的，到了现在已经大约四五年，四五年的时间他爸都没回家来。山竹子非常珍惜这根鱼竿，一般时候不会借给别人的。看着鱼竿山竹子就会想起爸爸来，有的时候还会偷偷掉眼泪。

突然间，山娃的鱼漂动弹了，而且动弹得很厉害，山娃看到鱼漂很快往下沉，猛地一拉，一条大鱼飞上来。山娃赶紧去拿鱼，鱼拿到了，摘下鱼钩时鱼滑得厉害，一个鲤鱼打挺就滑到地面上，三蹦两蹦蹦到河里。虽然山娃猛然扑向鱼，无奈鱼已钻进水里。

毛榉子挖了蚯蚓回来正好看见这一幕，自语道："真是可惜了，好大一条鲤鱼呢。"

山竹子大笑。毛榉子也跟着笑起来。

山娃回家后，妹妹说道："哥哥，妈走时候说了，让你中午热了米饭我们吃。"

"哎，知道了，你就在家玩吧，可是不能到河边。"

"哥，不行，你要在家陪着我。"

"这么半天我都没有在家陪着你，不是好好的？"

"那不行，刚才我在睡觉，现在我醒了，你就要在家里看着我。"看看妹妹的样子，山娃倒是觉得妹妹天真的样子真好看，就说道："还是在家玩吧，你做作业，争取把作业快点做完。"

"就不，你就要听妈妈话，在家陪着我。"

山娃觉得有点麻烦了，想了想，走到妹妹跟前说："好妹妹！你就自己在家玩一会儿，等我钓了大鱼就来陪你，还给你做大鱼吃。"

"不行，你就要听妈的话，回来陪着我。"

"等会大鱼就会钓上来，大鱼上来你不吃啊？"

"那好吧，你就钓大鱼去吧。"妹妹说了之后自己待在家了。

山娃狡黠地笑了笑，继续去钓鱼，其他两个也是摇头笑笑。毛榉子说："你真够鬼的，骗小妹妹没商量。"

大家又是哈哈大笑一番才了事儿。

说是说，做是做。既然说了钓大鱼，就要真的钓着才算好。山娃坐在河边真的很认真。双脚也不踢，生怕鱼儿看见吓跑了。

果然见效，一条大鱼正在咬鱼钩，山娃屏住呼吸不敢动，直到大鱼拖着鱼钩要跑时他才猛拉起鱼线鱼儿窜上岸，一条大鲤鱼。山娃这回不敢紧靠河边取大鱼，一直到了家门口，停下脚步才把大鱼取下来。正好看见妹妹在院里，不敢告诉她，若是告诉她了，定会让他待在家的。

悄悄回到河边来，重新扔下鱼钩到水里。然后仔细看，看了半天水里鱼钩都纹丝不动，毛榉子说话："不好，大鱼不到小鱼也行，怎么一条都没有？"

山竹子也是有点不耐烦，看着山娃钓了大鱼心里也是惴惴不安的。

毛榉子提议："要不咱们打扑克，也好消磨时间。"

"行，我去拿副牌。"山娃说了想想家里没有扑克牌，只好说："我家没有扑克牌，你们谁家有就回家拿去吧。"毛榉子扔了鱼竿回家去，找了扑克牌，来到河边三人打起扑克牌。

三人打扑克的时候谁都在看牌，没人看鱼漂，也许乘人之危，一条大鱼咬上鱼钩就跑，山娃的鱼竿很快消失了。

"不好哥哥，哥哥，你的鱼竿没有了。"小妹妹出来，没有看到哥哥的鱼竿，却看见一个东西在河里跑着，后面跟着一根小鱼竿。

"哥哥，你们的鱼竿跑啦！"妹妹一声喊，山娃猛然醒悟了，真是够险的，万一妹妹掉到河里就该出大事了。山娃马上把牌扔了，起身到河边抱起妹妹回到院里。等他回到河边，看到果然鱼竿顺水飘走了，赶紧追，三人全都跳下河。河水不深，那也很危险，十三岁的孩子本身不高，万一有个三长两短，山娃也就吃不了兜着走了。

山娃就喊着三人赶快上岸，顺着河边跑，鱼在水里跑得快。看看追不上，鱼儿得水跑得快，赶上河水再绕个弯，山娃走近道到了河那边。看到鱼还拉着鱼竿跑，跳进水里抓住鱼竿一拉，感觉很吃力，果然有鱼在下面，抓住鱼竿不松手，慢慢拉着又放松，大约追了几百米，才算把鱼拉到岸边来。

毛榉子跑到山娃跟前送上鱼抄手网，才见一条很大的黑鱼进到抄网里，毛榉子抬起来，果然是黑鱼，黑鱼好，黑鱼的肉好吃。大家回到岸上，高兴地唱起歌：

我们都是欢乐的少年，生活在祖国温暖的怀抱，从小热爱生活，勤勤恳恳学习，为了祖国的梦想，我们奋勇向前。

我们都是幸福的少年，生活在祖国温暖的怀抱，自小喜欢科技，踏踏实实学习。为了神州的希望。我们拼搏努力。

回到家门前，山娃捡起水坑里钓的鱼，抬脚进家门。这个时候东面有人喊："毛榉子！回家了。"这是毛榉子的妈妈喊他了。

毛榉子答应了，然后就说回家一趟还要来，准备吃黑鱼。

山竹子也是想吃黑鱼，想着等山娃做好之后他再来。

山娃很快收拾好了鱼，在铁锅里面放好葱姜蒜、八角和肉桂，先用猛火把锅烧开了，接着用文火焖鱼。等到香喷喷的鱼肉味道出来，一锅鱼就算炖好了。

"小梅！"山娃叫妹妹。

"哎，你叫我做啥？"妹妹说。

"去到东院叫你毛榉子哥哥去。"

"叫毛榉子哥哥干什么？"

"就说让你毛榉子哥哥过来吃鱼了。"

"好吧。"妹妹刚要走，山娃突然觉得不好，赶紧又说道："算了，你在家里待着吧，还是我去吧。"不等妹妹说话自己抢先一步出院子。妈妈不在家，山娃是怕妹妹单独去不放心，才刚七岁呀，刚刚读完一年级，山娃疼爱这个妹妹，妹妹自然喜欢山娃哥。

出门走过小桥上毛榉子家，山路弯弯有个骑着摩托的人过来了。

山娃刚好进了毛榉子家，没有看到姐姐来。先叫毛榉子："毛榉子，过来吃鱼去。"

毛榉子的妈妈说："不用啦，毛榉子在家吃过了。"

山娃有些不高兴，说好一起吃大鱼啊，怎么就单独吃饭呢？山娃隔着篱笆看看毛家确实没有动静也就不好说什么，转身去到山竹子家。

这边的姐姐已经进了院子，姐姐说：“大姑妈，家里有人么？”知道山娃不在家，莲莲就又叫小妹。小妹出来说：“莲莲姐姐来了，我哥不在家。”

“你妈妈呢？”姐姐过来抱起小妹妹：“哎呀呀！可是重多了，再过几天我就抱不起来了。”

妹妹又说话：“我哥去了毛榉子家，说是叫毛榉子和山竹子来吃鱼，姐姐你也吃鱼吧？”

“是吗？有鱼啊，好好好，小妹让我吃鱼，我当然要吃了。”

“姐姐你来看。”小妹挣扎下来掀开锅盖说：“好多好多的鱼呢。”

铁锅里，莲莲姐姐看见真的好多鱼。这个时候山娃回来了，后面跟着山竹子。见到姐姐山娃说：“我姐一般时候都是在发财，今天有事吧？”

“瞧瞧山娃说这话，没有事情我就不来啦。事情倒是有，都是为了你们好。哎！山娃，毛榉子怎么没过来？”

“我也不知道，刚才去过，只有婶婶在家呢。”

“哦，那你就再去一趟，把你婶婶叫过来。”

“叫她干什么？人家可是村长呢。”

“知道是村长，我才叫她过来说点儿事。”

“那好吧。”山娃就对竹子说：“你先在这里，我去一下就回来。”

山娃跑着走，很快到了毛榉子家，进门喊道：“婶婶，你在家，我姐叫你过去一趟呢。”

毛榉子妈妈当然知道莲莲姐姐是谁，只是她在忙，忙着收拾药材，药材干了装进口袋里，随口说：“现在我没有空，叫你姐过来吧。”

山娃不说话，扭头就走，快要出门时候，看见毛榉子正在东面小屋做作业，耳朵夹着笔，好像个木匠一样站屋里画东西。山娃知道了，毛榉子是在画画呢。这是毛榉子要比自己强的地方，从小他就爱画画，也爱看书。山娃爱看医学书，那是爸爸特别欣赏的。毛榉子的爸爸是泥瓦匠，原来就在山里转，后来跟着人家出山，学会看图纸盖大楼，要不是那些年毛榉子的爷爷奶奶有病妈妈出不去，他也早就跟着爸爸出去了。他的爸爸在北京，一年回家一次，总是带回许多东西来。山娃觉得毛榉子的爸爸特别好，过年时还给山娃带来玩具小汽车。

毛榉子妈妈是村长，既然是村长就要管着村里的事，大事小事全要管，每天都是挺忙的。

看到毛榉子在画画，山娃凑过去，看着毛榉画的画还真挺好看。山娃想起来，爸爸走的时候毛榉过来说过的，想让山娃爸爸问问武当山的道士能否教他画画，很想找个老师教教他。

山娃说："我姐来了，说让婶子过去有事情，婶子不去只好叫我姐姐来。"

毛榉子不说话，指指身后，意思就是妈妈还在家。山娃回家说了毛榉妈妈在忙过不来，姐姐就说："那我去看她。"

山娃领着妹妹跟着姐姐过了小桥去到毛榉子家。

进了门，姐姐叫一声："毛婶子，真是够忙啊！"

听见这话毛榉妈妈一愣神，转过身来说："哎呀呀！莲莲过来了，我想等我把这药材装进口袋再过去。知道你来了，又想把账算算，只是没想到你这么快就过来了。咱们做着村子的事情，大家的事不能出差错。每家每户多少钱的，一分不能错。"

"是。毛婶子，今天来了是找你说点其他的。"

"哦，什么其他？你说说。"毛榉妈妈来兴趣了。

"是这样，省里动物研究所来人说，为了山区老百姓能够发财致富，推广一种长毛兔，我就应承下来，看看咱们这里能不能试着养一下，省里动物研究所的人会常来监管的。"

"是好事。"毛榉妈妈说："我个人没意见，看看大家愿不愿意养，还有就是不能出押金，那年推广养貉子，大家做好铁笼子，貉子来了，却是全都跑掉了，大家全都有意见。就不知道这个兔子怎么样？"

"我也说了这个事，老百姓没有钱，你们要是再来什么押金什么抵押物，或者不适应的动物来推广，动物没养成，倒是引进的动物跑了变成野生的。"

"是，我就怕这个。后来引进绣花还可以，起码家家都能挣些钱，要不然男人在外面，家里女人都是串门说嘴嚼舌头的，没有事情也会生出事情来。"

"婶婶咱们就这样，明天或者后天我还来，您就先找几家试试养着，一年以后如果好呢，咱们就推广。"

"行。哦，你说养什么来着？"毛榉妈妈问。

"长毛兔。"

"长毛兔是啥东西?"

山娃姐姐想笑没敢笑,说了半天都不知道什么东西,只好说给毛榉子妈妈听:"婶子是这样,长毛兔就是一种兔子,这种兔子毛特长。"

"啊? 养兔子呀,这个成,到处都是草,到处都有吃的,绝对饿不着。"

"不是,婶子,我说的不是这个,是说我们养的长毛兔子,人家收购兔子毛。"

山娃在旁边听着觉得没意思,在他看来,养兔子就和养鸡养鱼一个样,都是养,只是吃的不一样。山娃这个年龄虽然知道钱的作用却是还不知道生活艰难,也没有关心过日子的柴米油盐如何来到桌子上。他只关心玩,也关心学习,这些才是人生当中必然要走的路。

姐姐给毛榉子妈妈讲着兔子经,山娃叫了毛榉子来到自家吃炖鱼。

一个盘子盛了黑鱼和鲤鱼,山娃把米饭端上来,刚刚要吃饭,妈妈回来了。

毛榉子见到山娃妈妈回来就想走,山娃妈妈说:"都不要走,每天淘气学习的,吃鱼不是挺好么!"

山娃按住毛榉子,山竹子看见这样也就重新坐下来。

两个小伙伴都来了,山娃就吧饭盆端上来。

妈妈问:"谁来了? 是不是你莲莲姐姐来了?"

"哦,是我姐姐来了。"山娃说。

"在哪儿呢?"山娃妈妈问。

"在我家呢,跟我妈妈在说话。"毛榉子说。

"哦,我也看看去。"山娃妈妈站起来,出门进到毛榉子家。

莲莲见到姑姑回来了说道:"婶婶今天咱们就说到这里。我姑姑回来了,我先回去,等咱们有了时间再说话。"

"对了,不用,让你婶子也过去,山娃他们弄了鱼,大家一起吃。"山娃妈妈说。

姐姐就说,"好",拉着毛榉子妈妈到这个院子来。

大家坐在桌子旁,山娃妈妈把所有的鱼全盛在一个盆子里端上来,又到后院摘了几把新鲜菜洗干净了，用刀切了放些盐，放在桌子上。

鱼是山娃做的，妈妈看看锅里的米饭不很够，刚要去做，毛榉子妈妈忙说道："毛榉子，去家里把饭端过来啊！你再把前院的山竹妈妈请过来。"

毛榉子说还是让山竹子回去叫妈妈。山竹子说："谁叫她都不来，你们还不知道。不管村里还是别人，谁家有事她都不参加。"

山娃妈妈想了想，看看毛榉妈妈说道："那就听山竹子的吧，那什么，山娃，先找个碗，给你山竹子婶子留下一些，等吃完饭就让山竹子给端回去。"

"行，就这样。"山娃马上拿碗，专门挑了几块肉多的装在碗里，等着吃完了饭让山竹子给他妈妈带回去。

姐姐说："你们看，大姑姑真够节俭的，自己养鱼还要钓鱼请大家来吃。"

毛榉子妈妈说："这样就对了，家里养鱼是为了供给城里人来吃，我们有这个条件他们没有。我们就要利用这个条件来赚钱。他们没有条件可是他们有钱，这就叫作城乡结合嘛。"

山娃妈妈说："我们不说这个，我们就吃饭，吃完饭了再说话。"这时候，毛榉子端着饭盆过来了，毛榉子妈妈说这个就是超级稻，大家尝尝好吃不好吃。于是大家竞相盛一碗来吃。这个地方试种超级稻，毛榉子妈妈是头一户。

"嗯，挺好的呀。怎么人们说不好吃？"首先就是姐姐说的话："简直胡说八道，我也吃了，我也尝了，没有不好的味道，就和现在的稻谷没有两样。"

"嗨，这叫恨人有笑人无，世上许多的人都这样。"这话是山娃说出来的，姐姐很吃惊，怎么这个小孩说出这样的话来呢？就问他："山娃你是什么意思呀？"

"没有什么意思呀，就是说呢，世界上有那么一些人，人家有了，比如就说人家种出超级稻，他就记恨人家，其实就是怨恨自己为什么没有弄出来，人家却弄出来。人家要是没有呢，这些人就笑话人家，就会说，你看他们还没有，我们可是有了的。"

这些话，纯粹就是大人说的话，山娃说的时候看着大家，大家也看他，山娃说完了，大家也就不再看他，全都看着自己的饭碗。

自顾自地吃，谁也不看谁，好像山娃说错了话。

六

山娃爸爸回来了，说是回家看看，问起都有哪些人来过这里找他看病。

“没有人。”山娃妈妈说：“不要觉得自己医术很高明。你要想想你是要收钱的，村子里面有个卫生室，临山镇还有卫生院。都是国家开的，你就是个乡下郎中，游手行医，你就不会考上学校读一读书再给人家来看病？”

山娃爸爸说：“我家祖传到了我这儿已经第五代，祖传医术还能差了么？你呀你，净长他人志气，灭了自己的威风。你净瞎说，肯定有人来过你不告诉我。”

“来了又怎么样？我说他爸呀，你就不要吹牛说大话了！你总说，中药草药不会害死人，我也信，我就不明白了，你总想看好那些疑难杂症，人家医院的医生全都治不好，你就有那能耐？我才不信呢！”

“那你信什么？”

“我就相信人吃饱了不饿，猪喂饱了长肉，鸡喂饱了下蛋，鸭子要是不喂它就会把鸭蛋下到河里去。”

“你呀，没法跟你说话，净说些个鸡毛蒜皮的小事情。”

“没有鸡毛蒜皮小事你能上了武当山？没有鸡毛蒜皮的小事你能成名医？我才不信呢。”

“行了，我输了还不成？你的道理对。山娃哪去了？哦，还有小梅上哪去了呀？”

“没有你这样子的，到家就说有没有病人来找你，也不问问孩子哪去了。”

“行了。我错了。”

“嗯，山娃去了临山镇，小妹让她姐姐接走了。”

“哦，明天我也到临山看看咱妈去。”

说起临山镇，山娃爸爸说的是老的临山镇，不是现在的临山镇。

原来的临山镇是落在南坪山的半山腰，紧靠大江边上的一个小山村。现在的临山镇是这里的政治经济文化中心。山娃爸爸说的临山镇和现在的临山镇就不是一个概念，一个是个小村，一个是集镇。

二十几年前，新临山镇的东面来了好多人，到了之后搭起帐篷，然后就掏大山洞，开始大家不知道，后来有人打听到了，原来是在修建火车道。再过几年后，就是今年新的临山镇的铁路果然通车了，临山镇的上坎有车站，只是这个车站一天只有一趟火车停下，上人之后开往省城去，铁路通车了，这里也就成了临山镇，成了政治文化中心了。

山娃，毛榉子还有山竹子全都说好了，今年暑假过后大家就要升学到初三了，还没出过大山，山娃就想要去省城看一看。想法是好的，如何坐车到省城，成了山娃他们的心病。

来到临山镇，先到姐姐的商店里，看看姐姐不在大家又出来了，沿着大街闲逛，观赏一下城镇的风光。

临山镇上瞎逛街，山娃看见东面高高的铁道，一列火车开过去，开进山洞，开出山洞然后又进洞。

“好大的工程啊！”山娃很有感慨地说。然后就是看着火车走过的地方沉思，毛榉子和山竹子在后面。

“哎，山娃子，你又想干什么呀，再去上山采摘石斛我可不去了。就是上一回，我妈差点打我，说是担心得心都快碎了。”山竹子说。

“不去，我也不想去采石斛了，哎，你们说，你俩有谁去过山外面？去过省城，去过首都北京城？”

两人摇摇头。

山娃接着说:“我想去省城,想去北京,想去北京看看天安门。”说完了,看看那两人。毛榉子说:“我也想去,我妈不让去,我都说了我爸在北京,我妈却说我爸没有时间管我,说什么都不让去。”

山竹子说:“你们还不知道我?我也就是跟着山娃跑,我妈才能放心,她说山娃有着大将风度能够照顾人,其他的人谁都不行,其他的人不管我和谁玩,我妈全都不乐意。还有呢,我爸来信了,我爸从来不来信,电话里面总说事情太忙没有时间回家来。这次来信了,我还挺高兴,我妈让我打开信,我就看了,原来爸爸要和妈妈离婚。我妈妈就哭,说是我爸没良心,我妈把我奶奶爷爷侍候到他们死,我爸却提出离婚。我爸信里还说家里东西他什么都不要,房子留给我,同时寄来三万块钱,让我妈在离婚协议上面签字。”

“哟,那你怎么办?”山娃问。

“我也不知道,这些事情怎么会让我碰到呢?”山竹说话时候就想哭。停一会儿,接着说:“什么都不说,反正我就觉得我妈挺好的,我爸也好,可是我妈我爸为了什么要离婚?真把我妈害苦了。”说到这里山竹子不说了,眼睛里面闪着泪花,已经说不下去了。

毛榉子说:“山竹子你也别着急,不是还有我们大家么,你想怎样你说话,我们一定要给你报仇。”

“给我报个什么仇,一边是我妈,一边是我爸,我要跟谁报仇呢?”一席话,说的毛榉子没话说,山娃接过来:“根本就是,反正这样的事情挺不好,也许你爸那边有难处,也许……反正我们也是说不出来到底为了什么,怎么就会这个样?”

聊天说到这个事,山娃也就不好再说去省城,看看街上店铺的大钟,已经到了中午,山娃他们赶紧就到姐姐商店去。他们还要吃饭呢,姐姐这里就是他们能够吃饭的地方。

正好姐姐刚回来,还说去了疙瘩坞,找了毛榉子妈妈,带去了安哥拉的长毛兔子,要让大家都发财,山娃对于这些一点都不感兴趣。还在想着如何能到省城去看看。

三人吃完饭,按照事先说好的,应该回家去。山娃说:“我还是想趁着暑假咱们去省城走一趟,不知道你们同意不同意?”

大家就都说同意。毛榉说："出门要用钱，吃饭住店都要钱，我们哪里来的钱？"

"也不一定，小的时候我妈和我上我爸那儿去，我们就没花钱。"

"哎呀，山竹子，你们没花钱是你爸爸花了钱，你爸要是不花钱你们就去不了。"

"也不是呀，那会儿我爸在厦门打工，我们去了南普陀寺，在那里住了一夜人家就没要钱。"

山娃觉得有理，就说道："好像是，我爸到武当山去学医，人家也是不要钱的。也是啊！你看不管是武当山，还是南普陀，不是和尚就是道士，他们都是好人。"

毛榉子说："你们说的都不对，什么好人好人的，和尚老道都是神仙，神仙！你们懂么？"

山娃说："不懂，和尚老道怎么是神仙呢，和尚老道将来是神仙，可是活着的时候不是神仙。"

毛榉子说："照你的说法我就明白了。我们将来都是神仙。"

山竹子说："怎么会呢。"

山娃说："我知道，毛榉子说得对，你想啊，人人将来都会死，死了以后都会升天也就是成了神仙了。"

"哦，原来是这样啊。"山竹子似乎明白了什么，看着蓝天发呆。山竹子他妈在山娃爸爸回来的时候来山娃家，说了这个事，山娃爸爸就说山竹子心事多。

山娃一看事情没说好，三人行的事情也就去不了了，就说还是回家去。

然后就是每天做作业，然后就是无聊地到河边去钓鱼。

再有就是每隔一天姐姐就会来，来了之后山娃就要记账，姐姐一共取走多少鱼，都是什么鱼。每周姐姐都会把钱拿来，妈妈就和姐姐核实取走多少鱼，拿回多少钱，都会一清二楚的。

这天山竹子单独去了一趟临山镇。妈妈告诉他去把晒好的药材卖了去，回来很神秘地过来说："山娃子，你可不知道，你猜我看见什么了？"

山娃见到这种情况很奇怪，山竹子一般不会这个样，就问道："你看见什么了？说，看见什么了？”

“我妈今天让我到镇上去卖药材，对了，没上姐姐那里去卖。我妈说是看看到底哪家的药材给钱给得多。”

“怎么样？”山竹子说的姐姐就是山娃的姐姐，所以很关心。

“差不多，姐姐那里是三块五，那里是三块六，回来我一算账差不多。”

“怎么讲？”

“人家给了三块六，让我挑出一些杂草来，就是没了一些分量的。”

“那么我姐那里呢？”

“姐姐那里不挑就给三块五。我见过，姐姐那里的人每天都要挑选药材之后才能上交的。”

“哦，是这样。”山娃轻轻说一声。山竹子接着说：“我要说的不是这个，是说回来时候看见一件事，三中的学生手里拿个东西满操场跑，我不知道他们在干什么。”

“哦，是吗？我也不知道。”山娃说完想了想，忽然觉得不对，又问山竹子：“你怎么忽然想起说这个？”

“我是觉得挺好玩的，你看啊，人家每个人的手里拿着一个红的绿的长方盒子，在操场上猛跑，不知道在找什么东西。而且大家全都很卖力气的，你不觉得奇怪吗？”

“嗯。挺奇怪，你的意思是？要不咱们明天看看去？”

“看看去？叫上毛榉子，我们一起去。”

“看看去。明天早上七点走，对，就是七点走。”

“行。”山娃决定了。

早上五点钟。妈妈来叫山娃了：“山娃。今天我和你婶子他们一块去大东山，你要好好照看妹妹啊。”

山娃说：“不是还有我爸吗！你跟我爸爸说吧，我今天还有事儿。”

“你爸去了临山村我外婆那，那里病人说是非要你爸爸去不可，说是卫生室里看了好几个月都没见效果。”

妈妈说到这里山娃没有办法，只好答应着，一边答应一边想：还要带着妹妹去，十几里路呢，妹妹要是不去怎么办。

妈妈上山采药去了，山娃一看表，已经五点半，于是起来做饭，叫了妹妹起来穿衣服。妹妹问："爸妈干吗去了，哥？"

"妈去上山采药，爸爸去了施家坳，说是一户人家老人病了，相信爸爸的医术，也许又来一个神医下凡或者死里逃生也可能。"

"哥，你别瞎说。"

"我说的是实话，那年就是一个人都快死了，抬到我家门前，爸爸叫人抬进院子里，就在那个位置上，爸爸头顶老人的肚子，两只手一拉，然后开了三服药，开完药方拿出一个药丸子，弄点凉水就给老头灌下去，还说，没事了，临山镇的药行要是没有就去省城买，刚才这一阵子之后十天之内没有事，只去拿药就行了。"

"后来呢？"妹妹问。

"后来果然就没事儿了呗，一个月后人家抬着这块匾，送到我家来，还是敲锣打鼓呢。"

"那咱爸爸一定很神气。"

"就是嘛！很神气地站在咱家门前接着这块大匾牌。"山娃指着院子边上放着的那块大匾牌说话。

"那咱爸爸干吗不给挂起来呢？"妹妹说这个话时就像个大人。

"爸爸说没有用。挂块匾牌说明过去你救过人家命，说明不了将来你还能救人家的命，挂个三天两早晨的也就够了。"

叫来妹妹喝了一碗凉凉快快的大米粥，自己也喝了两碗，带着妹妹上街，门挂上锁，去找毛榉子和山竹子。半路碰上刘牛子，刘牛子本来要去姥姥家，碰在一起说也要去。就这样，大家一起上路了。

今天走山路，顺着羊肠小路翻过小东山就成了。东山本来就不高，翻过东山，沿着小沱江的上游走上一段路程就能到达临山镇。三中就在临山镇的西山坡，站在东山顶上就能看见县三中。

山路走了没有多长时间妹妹就喊累，山娃只好背着妹妹，毛榉子也和山娃轮着背，山竹子不忍心，也想背着山娃妹妹过山梁。这样好了，妹妹等于一步没走就过了小东山,站在东山顶上看世界,一览众山真美妙。

往下走,妹妹也高兴,跟在几个哥哥后面一边走着一边摘山花,扎了满头都是山花。

“哥,你说我漂亮么?”妹妹问。

“漂亮啊,谁也没有我妹妹长得漂亮。”山娃抱起妹妹说。

“毛榉子哥哥,你说我漂亮么?”妹妹问起毛榉子。

“漂亮啊,谁说小妹不漂亮我就跟谁急!”毛榉子笑着说。

不等小妹问,山竹子就上来说:“哎呀,今天小妹真是漂亮啊,你看看那头上的山花多好看!”山竹子这样一说,小妹就把头转向刘牛子。四个人里只有刘牛子还没说话。正好呢,刘牛子也看了小妹一眼,赶紧说:“我也是一样,谁要敢说小妹妹不漂亮,我就跟他拼命了!”

小妹就笑了,笑得很香甜。

说是路不远,其实还是很远,到了临山镇的时候已经快到中午了。还是老样子,去到姐姐那里吃饭去。来到电器商店,姐姐正好在,一看妹妹来了,十分高兴,抱着妹妹到处看,还让伙计上街去买老婆饼,还说这是新开张的点心店,都是做的洋点心。

老婆饼买回来,妹妹十分喜欢。姐姐就说要让妹妹住下来,反正也没事儿,山娃就说可不成,来的时候没有经过妈妈同意。姐姐说:“这样吧,小妹就住一夜你看行不行?”

山娃死活都不行,说白天可以放在姐姐这里,晚上还要回到疙瘩坞。姐姐就说:“那也行,我给小梅买点东西带回去。”山娃说行,带着两个伙伴赶紧去三中,到了山坡的时候果然看见县三中那里正在进行跑步追东西的体育活动。

山娃他们往下看,操场上面好多天线就像小树林,亮光光的,很漂亮。

山娃他们看见那里许多学生手里拿着什么东西,在那个东西上面也是有天线,就是一个长方形的绿色或者红色黄色的小盒子,手里拿着那个盒子左右摇摆不知道在干什么。然后还能看见有人跑到一个有天线的大盒子那里,伸手一指盒子就会闪绿光或者红光。到底什么意思呢?山娃不明白。慢慢走到县三中学校大门外,进学校时候,看门人员看看他们没说话,也许以为他们是这个学校的学生，就根本没想拦他们，三人径直进了学校大门来到操场上。

“老师，他们正在做什么？”山娃指着手里拿着盒子跑的学生问着一个白头发的老头子。

“这叫阳光测向。”老头告诉他。

“什么叫阳光测向呢？”山娃接着问。

“这个问题回答起来有点麻烦。”老头接着说，“你不是这个学校的学生吧？”山娃他们点点头。

“不是没关系。我告诉你们也可以。”老头接着说。

“那么您就说吧，我们就想听听呢。”毛榉子没等山娃说话自己抢先说。

“那好吧，你们看啊，这个就是一台阳光测向机，表面上有个提示你们看见没有啊？”老头就把一个阳光测向机交给他们，山娃毛榉还有山竹互相传着看，果然上面标着每个台的声音响的是什么。比如一号台，就是老牛叫唤，二号台是支生日歌，三号台是大公鸡叫，四号台是世界只有妈妈好。五号台是马嘶鸣，六号台是新年好的歌，七号台是小鸟叫唤……下面还有，反正都是小孩很喜欢的音乐，大家都熟悉的音乐。

山娃听了老师的话，也特别想来试一试，就对老头说：“老师，您能让我们试一试么？”

老师说：“可以呀，不过我得问问你们到底是哪里的？”

“我们都是疙瘩坞的学生，在疙瘩坞的中学念书，那是一个小中学，每个年级两个班，一共三个年级，六个班。老师您还想问什么？”山娃说。

“我也不想问什么，就想知道你们疙瘩坞的学校没有搞这阳光测向么？”白头发的老头说。

“没有，老师，我们中学离着这里不远，翻过小东山再走两公里就到，那里是个深山区，没有几个老师愿意去那里教书，这些东西，哎，老师，这叫什么来着？”

“这叫阳光测向，你们手里的东西叫作阳光测向机。”

“知道了，老师我们上操场去试试？”

“没问题，去吧。这是测向机。你们每人一台去试试。”老头看来挺慷慨,每人拿了一个测向机。打开之后听到鸟叫、鸡叫、马嘶鸣……山娃第一个就跑到场地上,接着就是毛榉子和山竹子。跟着操场上的学生一起跑着追踪阳光信号源。也是奇怪了,山娃他们每次打都是红灯,从来没有一次是绿灯。山娃觉得很奇怪,便停下问老头,老头说:“这是很正常的呀,人家那个都是有编号的,1234 都是编号的,也许你们的号码不一样,但是编码顺序要和你要找的电台对应。换句话说呢,假如你也是运动员,给你编的号码是 25791 这样顺序的五个号,你要找的时候一定得按照给你的编码找台,这就叫作找台顺序,你在找电台的时候就一定按照这个顺序找,找对了,一路是绿灯,假如一个找错了,后面所有要找的电台全是红灯,必须从你找错的电台那里开始找对才能行。明白了么?”老头说。

山娃要说话,后面过来一个老师说:“嗨嗨嗨,你们是哪儿的呀?知道你们面前的人是谁吗?”

“不知道。老师给我们讲了阳光测向的比赛办法了。”

三中来人说:“他可是国家测向协会的监督呢!”

“是吗?不知道,监督不监督的,反正老师对我们挺好的,不像你。”

“你们!”三中老师有些愤怒了,山娃竟敢当着学生的面顶撞他,就问道:“你是哪个班的呀?竟敢这样顶撞我。”

山娃说:“我谁都不是,只是一个到这儿来学习的学生。”

“那你给我出去!”这个老师还挺横,要把山娃他们撵出去。白头发的老师说:“别急,别急,没事儿,他们就是到这里来学习阳光测向的,也是好事嘛。就让他们试一试,好不好?”

或许白头发的老师有面子,发飙的老师不说话。山娃他们三个孩子重新拿了测向机来实验。

生日歌,表示这是零号台,三个人就在操场里面互相探讨找电台。

“那里声音大。”毛榉子指着那边说。

“那就往那边跑去看看。”奔跑速度不用说,山里生来山里长的,跑步跳高的不稀奇,三人飞快地跑到声音大的地方就往电台上面刷一下,是红灯!山娃明白了,每个人的找台顺序不一样,要找对了才能显示绿灯。

“我们还是找错了,你看你手里的号码。毛榉子是 3 第一个,我的号码第一个是5,山竹的第一个号码是8,所以这个电台才显示是红灯,你们看,这个电台可是零号台,证明我们全都找得不对,是不是?”

大家一想果然是。

“那我们就重新找。”山娃看看自己手里的找台顺序,第一个台是5,就是要找5号台。听了听,马的嘶鸣声音没听见,开始跑,沿着操场跑了一圈发现马的叫声就在刚才跑过的东南角,而且他还知道各个电台的大概位置,赶快奔向东南角,去5号台刷卡,果然是绿灯。接着就找3号台,3号是公鸡打鸣声,山娃记得3号就在西北角落,赶紧就往那里跑。果然声音越来越大,跑到那里刷卡又是绿灯,证明找对了。山娃挺高兴,敢情就是这样找台,自信心立马增加了。

53782,这是山娃要找电台顺序,山娃用了大概四分多钟就找完了,跑向终点刷卡之后老师说:“这位同学你叫什么来着?像你这样第一次就找这么快的还真不多,和你家长说说到我们三中读书吧。”

山娃看了一眼老师皱皱眉头说:“嗯,回家问我妈。”山娃不好说不去,刚才还想撵走山娃现在又说要他到这儿读书,山娃有些看不起他,赌气不想来,另外还有毛榉子和山竹子呢,自己来了他们能来么?丢下小伙伴自己到三中,山娃舍不得,都说三中要比他们那里强,三娃不信,只要自己用心学,在哪里读书都一样。重点中学不就是把全地区的学习分数高的学生全都集中到那里,然后就重点了,学习也就好了,就比人家强了。村子里的山神爷就会说,什么重点不重点的,那都是吹牛,毛主席读书时候也不是重点中学,他是全国人民大救星,谁还能够胜过毛主席?山神爷的话说得是真理,也是绝对可靠的。

到了终点,看看山竹子的成绩单,先找的电台都很好,山竹子后来找不到了,所以刷卡时候就是红灯了。

“到底咋回事?”山娃问。

“我们俩也不知道,开始时找得挺顺利,打了一个是绿灯,打了一个是绿灯,找了三个以后就不对了,全都是红灯,你说怪不怪?”

毛榉子也是这样说。

山娃找了老师,老师说:“这个问题,我的分析就是心情不好,太急躁,越急越是找不到。说了半天还是功利在作怪，只要心平气和都是能够找到的。要是不信的话，可以让他们两个重新试一次。”

“毛榉子和山竹子，老师让你们再试一试，快过来。”山娃叫。

两个人过来重新打卡，然后跑出去。按照手里的顺序慢慢找，果然要比刚才快许多。三娃子服气了，把卡交给老师，机器也还了。三人挺高兴。一看太阳已经挂在天边，山娃大叫一声，“可坏了！”

“怎么了？”毛榉子问。

“本说好了不让我妹住这里，看来是天意了，小妹必须住在这里了。”山娃挺懊悔，不该在这里浪费好多时间耽误回家了。不过也还挺好的，起码知道如何进行阳光测向了。

“那就回家吧，我也赶紧到我姐那告诉一声去。”说完了，撒腿就跑，没有多会儿就回来，对着毛榉说：“还是不行，小妹不想住在这里还要背她走。”

“那就背呀，没说的。”

三人重新回到姐姐的电器店，小妹已经准备好了，山娃背着小妹，毛榉子和山竹跟在后面。

走出临山镇的时候太阳已经到山头，快要落下去了。三个孩子高高兴兴走，谁也没有感到什么不舒服。临山镇子直线距离并不远，就是一座小东山，过山之后沿着再走一段路程就到了。走的时候姐姐没在店里。人家店里伙计是好心，还给买了包子说是路上吃。说是要送他们回家去，山娃死活不让送，最后也就只好妥协了。店里伙计叮嘱山娃说：“晚上不能再过山，山里没有路，要走公路起码公路还能有个汽车什么，有事也好照应着。”山娃就说没有事，沿着小沱江边走，快到山脚时候太阳就落了。看着黑乎乎的山林，山娃真的害怕。站在树林边上仔细想了想，想到还有妹妹在身边，下了决心说：“毛榉子和山竹子，我想咱们还是不走山路吧。”

“那怎么办？”毛榉子问。

“沿着公路走，还有汽车灯光照着，我们也好看见路。”

“那好吧。”俩人都同意。

四个人，三个男孩一个小妹妹，沿着大路回家去。

七

山路弯弯,月光洒在弯弯的山路上。

抬头看月亮,月亮上面好似人影在翩跹。

山娃他们走在山路上很高兴,一边唱歌,一边欢蹦乱跳。

疙瘩坞。山娃妈妈刚刚到家,毛榉妈妈就来了。

“山娃妈妈,你家山娃回来了么?”

“没有啊,山娃到底跑到什么地方去了,你知道吗?”

听到这边有人声,山竹子妈妈也过来。

“山竹婶子！山娃还没回来吗?”

“还没有,正在想着要到哪里去找呢。”

“我只知道他们去了临山镇,好像去了临山镇的三中做事情,我们怎么办?”山竹子的妈妈说。

“我也不知道,我也刚刚到家什么还都不知道。你说他们去了临山镇三中? 你是怎么知道的?”山娃子妈妈问。

“走的时候山竹子跟我说过的,说是要去学什么。”山竹子妈妈如实说。

“那行。”毛榉子妈妈说,“知道他们去那儿就好办,我先回家收拾收拾,然后咱们去找他们。”

“那好吧,就听你的。”

毛榉子的妈妈是村长,当干部的就是有主意,有了主意也就是有了主心骨。三人赶紧收拾家里然后就出来,正好赶上山娃爸爸回来了。

“你可回来了!看看怎么办?”三娃妈妈就把山娃毛榉子还有山竹子他们的事情说一遍,山娃爸爸说:“还在犹豫什么,赶紧去呀!小梅还在他们那里呢。”

“行,赶紧走。”

“嗨,你们理解错了,不用你们去。我自己去就行了。”这个时候山娃爸爸已经带上手电,手里拿上一根棍子,就要出发去找人。

“没事儿,回去吧,赶紧做饭去。等我把他们找回来了,你们做好饭菜迎接就行了。”

弯弯的山路上没有一辆车,天黑以后没有一辆汽车通过,可见当地还不十分的发达。山娃他们轮流背着小梅,看着月亮开始时觉得还挺好,后来渐渐累了也就觉得有些可怕了。

“咕咕咕。”不知名的鸟叫声。

“哗啦啦。”不知哪个儿的鸟儿受了惊吓飞起来。

一路走来一路都是挺可怕的声音。

后来就是夜猫子的叫声:“咕咕鸟!咕咕鸟!”

其实山娃也是第一次走夜路,这样的场面也是头一回见,心里也是十分害怕,但在其他几个面前还要装出大无畏的精神来。

后来听见头顶上面树枝竹子连续响,他就说:“不用怕,这是猴子树上跑呢。”

正在惊觉时,前面出现一缕光线来回摇摆着,山娃拽了一下毛榉子胳膊,毛榉子用脚踢了一下山竹子。三个人,不是三人是四人。这个里面没有刘牛子,他是住在临山镇的姥姥家。

情况很紧张,四个人,紧紧贴在山壁上,看着摇晃着的亮光朝着这边走过来。

小妹倒是不害怕,趴在哥哥背上睡着了,现在放下站在地面上,揉揉眼睛看前方,看着看着忽然说了一句:“爸爸!爸爸!爸爸怎么来到这里了。”

山娃感到也是爸爸来,不再贴山壁。山娃爸爸站住,兄妹两个都在他就放心了,还有两位邻居孩子也在,心里也踏实了。

“哎呀！孩子们,可是把你们的妈妈急坏了,赶紧回家吧。”

大家都说好。

山娃爸爸在后面,背着女儿,女儿却说要下来,跟着哥哥走路最高兴。一路欢歌一路走走停停又跑步,欢欢笑笑也就到了疙瘩坞。

走到小桥那里三个孩子说再见,三个妈妈高兴,三个孩子全都安安全全到家了。

各回各的家,各走各的路。

全家坐下吃晚饭,小妹很快吃完以后到一边玩。山娃爸爸批评说:“咱们就一回,以后可是不能这样,你妈妈每天又是照顾你们吃,又照顾你们穿,你们就是不让大人省心,以后要是再这样子,我可不饶你。”

“知道了,爸爸我也知道错了,以后不会这样了。您就放心吧。”

“吃完好好休息一下,明天好帮你妈妈干活。”

也许是高兴,也许就是真的累了,反正整整一夜山娃都没醒,等他醒了以后发现爸爸妈妈又去劳动了。

去到正房看看小妹,她还睡得香。姐姐骑着摩托过来抓鱼了。山娃出了院门到鱼池去抓虹鳟鱼。姐姐说:“今天也不知道怎么了,人家不要虹鳟鱼,全是要的鲟鱼,咱们就抓鲟鱼。”

“行,咱们就抓鲟鱼。要多少?”

“我看看,一百三十斤。”姐姐来到鱼池前面看了看:“咱们家的个头大的不多呀,太小的就可惜了。”

“行,姐,我去毛榉子家里看看他们有多少。”山娃赶紧去找毛榉子。毛榉子妈妈正好在鱼池那里喂鱼。

“毛婶子,我姐来了,说要鲟鱼,你家有多少?”

“有个五六十斤,你姐要多少?”

“我家也有,就是有点小,我姐说是小的有点可惜了。”

“啊,没事儿,我也觉得你姐说的是,要不你再看看山竹子家能有多少大鱼。”

“行,我看看。”山娃赶紧又上山竹子家,山竹子还没起床,山娃就问婶子能有多少鲟鱼可以卖。

婶子说:“都能卖,我正发愁鲟鱼卖不了,你姐就来了,真是大救星。”

“行,那我就让我姐姐过来捞鲟鱼。”

功夫不大山娃就和姐姐过来了。姐姐看了看,说道:“婶子,这样吧,我要六十斤,余下的下次来了我再捞。您看好不好?”

“下次是哪天?”山竹子妈妈有点急,恐怕卖不出去。姐姐就说道:“您也别着急,我肯定帮您卖出去。”

“行!我就等你这句话。”

下面的事就是用个抄网捞鲟鱼,看着姐姐捞,山娃也就赶紧回家看着妹妹去。回到家里看看妹妹还是没有起床就说道:“小妹,快起床吧,吃饭啦。”

“哥哥,哥哥,我头疼。我不想起床了。”

“是吗?我看看。”山娃用手摸摸妹妹头,手上觉得有点烧。爸爸不在家,也不知道去了什么地方。想了想就背着妹妹去了村子里面的卫生室。

卫生室的小王山娃也认识,他是家里常客,经常来问爸爸怎么切脉搏。见到山娃来,小王很是用心,拿了听诊器来听,同时试了温度表,等了一会儿小王看看表:“不是高烧,反正有点烧,我就给开点药来试试看。”

“听着你的语气好像没有把握吧?”山娃看着小王神态觉得很有问题。

小王说:“我说先试试,症状倒是感冒,我总觉得不踏实,咱们这里仪器设备少,两天之后要是还这样,你就带着小妹去趟临山镇,总之那里要比这里强,做个检查看看到底怎么样。”

“行,我听王哥的。”

温水服了药,山娃也就带着妹妹回家。

下午妈妈采药回家来,山娃告诉母亲小妹有点发烧,去了卫生室里看病的事,还说要是小妹两天不好就要去镇上。

常在河边走,怎么能够不湿鞋?跟着郎中过日子,当归、熟地的,也能知道大概齐。妈妈用手摸摸小妹头,停一会儿,觉得没有什么异样就说到:“就听小王的话,两天以后再说。”

山娃松了一口气,总是觉得自己没有照顾好妹妹,所以在家看了一天妹妹，没有出门。一天后，看到妹妹活动如初了，山娃也就放心了。

这天到了表姐该来的日子，通常都是表姐来把上次带走的鱼款结清。山竹妈妈站在门口看了好几次，都没看见山娃姐姐来。妈妈就说："山娃呀，你去临山镇一趟，看看你姐怎么还没来。"

"嗯，行吧。"山娃回答着，背了背篓出门。翻过东山去，来到姐姐电器店，没有看到姐姐，就问店里的伙计："我姐上哪儿去了呀？"

店里伙计看到是山娃，就说："不是今天上你们那里去了吗？怎么还没到？"山娃一听就蒙了，到底怎么回事儿，谁也说不好。就想赶紧回家告诉妈妈，这个时候姐姐回来了。

"哎呀，姐，你可是把我吓坏了，怎么回事儿？他们说你去了疙瘩坞，可我在那没有见到你，怎么现在看见了？"

姐姐说："出了一点小事情，没事儿。"

"哦，没事你给了山竹子家里鱼钱了么？人家山竹子妈妈还要等着给山竹子的外公抓药呢。"

"哟，是吗？我这不是回来给他拿钱来了么。"姐姐说完骑了摩托就走，眼看着姐姐去银行去取钱，很快回来说："山娃不走吗？我就到疙瘩坞去给山竹子他妈送钱去。"

"姐姐你走吧，坐你摩托我害怕。"山娃说。

"那行，那我先走了。"姐姐骑着摩托先走了。

姐姐说没事儿，其实是不好，姐姐一早出来之后沿着山路往前开。开到一处拐弯的地方就想歇会儿，停下摩托站在靠山这边，甚至往上爬了几步，站在一个小坎上面靠树荫下面看风景，就在这时候，一辆汽车开过来，汽车轮子过了黄线径直朝山冲过来。真真就是一个险，姐姐一下惊呆了。汽车撞了山，汽车撞山之后弹到另外一边去。然后汽车翻过去，要知道，山下就是小沱江，大的沱江几十米深，小沱江的高低落差可是要比大的沱江大多了。

眼睁睁看着汽车掉下山去，姐姐眼睛都直了，惊心动魄呀！姐姐就在那里坐了老半天，没说一句话。看着自己摩托静静停在那里庆幸刚才没有骑着摩托往前走，要是走的话，也许正好走到拐弯地方让那汽车撞瘪了。

想了想，干脆先不去疙瘩坞，回商店里定定神。

碰上山娃来，她知道疙瘩坞的人等急了，自己不能失信，几年的生意顺风顺水就是靠的信誉。

莲莲姐姐赶紧骑着摩托去了疙瘩坞。

到了村子里，直奔山竹子家去给了钱。山娃妈妈在给侄女擀面条，无论如何要让莲莲吃完面条再回去。

既然完成任务了，山娃也就不用忙着回家去，十几里路一会儿就到家。鬼使神差地，他又来到三中看稀罕。不过这回没看到。三中操场上面没有一个人，只有荒草长起来。山娃有些失望，沿着沱江，慢慢向着上游走。

快到上山地方山娃忽然看见那边有人，人还挺多，还有横幅挂在电线杆子上。山娃看见了，横幅在上面写着临山县无线电测向锦标赛，说明这里正在进行测向比赛呢。山娃走近些，上了一棵大树，骑着树杈看究竟。

原来下面好多人，每人手里全都拿着机器，还有耳塞戴在耳朵上。场地上的老师正在忙活着。山娃看见了，大家手中的机器不大，和阳光测向那个差不多。也是绿的，黄的或者黑色的长方盒子，反正里面有“心脏”。阳光侧向里面就有“心脏”能够响，牛叫、马叫、公鸡叫唤，还有生日歌，不想这里也是。山娃举得没意思，也就下了树，准备上山回家了。

忽然，山娃看见舅舅在这里，叫一声“舅舅”。舅舅转过身来看到山娃说：“山娃怎么到了这里来？”

山娃说：“舅舅你在干什么？”

舅舅说：“我在进行无线电测向的比赛。”

山娃听了觉得好，这样一来舅舅就能教自己测向了，转念想了想，反正现在舅舅也不会，干脆自己先回家，回家找到毛榉子和山竹子，还有村子里面其他学生，等到舅舅首先学会了，就能够教自己，那个时候全村的学生也就都能学会测向了。

“没事儿，舅舅你忙吧，我回家去等你去吃饭。”山娃怀着自己的目的和舅舅说再见。

舅舅说：“行，就是这几天，临山县的测向比赛可能就上你们家那边去。”

山娃听见了这个消息更高兴，自己家乡举办比赛，山娃还是第一次听到。

就走吧，帮助妈妈喂鱼去。山娃想好了，想好了怎么办，也就不再留恋这里直接翻过小东山回家了。

第二天，天还没有亮，舅舅就来了。妈妈很高兴，她带着山娃舅舅在院子里前后左右转着看，还让山娃去给舅舅倒水，还问她老妈最近如何，亲热得不得了。

山娃的心思不在这儿，主要就想弄清舅舅的真实意图，这么早就来到疙瘩坞是干什么。舅舅说："我也想在这里租块地方弄鱼池子养鱼，看看姐姐能否帮上忙。

山娃妈妈说："哟！这事我可不知道，村子里先前也没有外人这样做。"舅舅看着山娃妈，低头想想说："妹妹，你看这样还不好……"舅舅对着山娃妈妈说。

山娃说："妈！舅舅想说话，您是没听明白吧。"

"怎么呢？我就没有明白你舅舅想说什么？"山娃妈妈这样说。

舅舅说："哦，莲莲姑父哪儿去了？"舅舅在说山娃爸。

山娃说："我爸又上武当山去了。"

妈妈说："没有，他爸没上武当山，武当山来了道士是真的，来了好几天了，他爸带着道士满山转，想把南坪山都看一看，说是要把南坪山的药材全都尝一尝，重新补订《本草纲目》，你说这个能成么？"

舅舅看看妹妹然后转头看看山娃说："成与不成的，就是两个字——坚持。贵在坚持，任何事情只要坚持下去就能成，就看妹夫能否坚持下去了。"

山娃听着舅舅说话很感慨，都是大实话。不论什么事，坚持下来就能成，比如一道数学题，不会算，不论什么方式找什么人，只要能够不耻下问，虚心求教都能学会如何算对，你若不会算，中途也不问人，就放下，也就还是不会计算，永远不会算。

"这样吧，我也不为难你，莲莲弄个电器商店做得挺红火。大家就会说，我家莲莲多么的能干，多么能挣钱，可是这些与我又有什么关系呢？那是人家的，与我没关系。我就想来找妹妹，找你弄个水池子也想养些虹鳟鱼，你看怎么样?”

“妈,我明白了,舅舅是想在咱家这里弄上几个水池子,也想养些虹鳟鱼来补贴家用。”

“我早听懂了,就怕你爸有意见。”

“我爸能有什么意见?你就让我舅舅养鱼呗。”

“不行,你舅舅在咱们家里不合适。我去找来毛榉子的妈妈商量一下看看怎么做。”

舅舅蹲在河边等了一会儿,妈妈去了毛榉子家,山娃就问舅舅:“舅舅,你的那个测向事情怎么样了?”

“什么测向啊?”舅舅说。

“哎!舅舅怎么说话不算话?昨天说好要教我们测向的,怎么今天变卦了。”

“这个呀,我还没学会呢。怎么能够来教你,这样好不好。我让你姐姐给你买测向机,你来帮助我说服她们让我养鱼。”

“按照道理呢,舅舅让我做的任何事情我都应该做,但是舅舅这样做事让我觉得不舒服。”山娃说实话,舅舅看着山娃也是觉得自己这样很不对。

舅舅站在河边等了一会儿,山娃妈妈还是没有从毛榉家里走出来,就对山娃说:“你跟你妈说,我在临山镇还有事,我要赶紧走,十点就开始训练,有点来不及了。”说着话,舅舅推起轻便摩托就走了。

山娃也不知道说的“开始”是什么,眼看着舅舅骑个轻便摩托走了。舅舅走了没多会儿,妈妈很高兴地走出毛榉家,老远就喊舅舅名字,来到自己门前问山娃:“你舅舅呢?”

“走啦。他说他还要参加测向训练,不等了,有空再来。”山娃说。

“你这孩子,怎么不留你舅舅多等一会呢,真是的。”亲哥哥也不怎么来,这会还没说好就走了,妈妈心里不舒服。

深山区,没有其他收入,只有家传老本行。人吃五谷杂粮都有病。有病就要找大夫,找了大夫开了药方就要抓药。人吃药,如同人吃粮食一样不可少。虽说现代人都是有病看西医,西医吃药片。吃了药片就好,中医熬汤药,汤药又苦又涩又难喝,人常说苦口良药医好病,就是这个道理。

山娃妈妈开始收拾采摘来的中草药。有些要用小铡刀给切成段,然后晒干,还有的是要蒸熟后阴干才好用。爸爸做中医,妈妈无形中也就懂些中药和收拾中草药的知识。

趁着这功夫,山娃去找毛榉子还有山竹子,说了舅舅要给自己买测向机器的事情,三个人都很高兴。

毛榉子还说了要上临山镇去看看。

山娃说:"不用看,我舅舅肯定还会来。"

第二天,爸爸回来了,回来时候还有一个道士在后面。

吃了一顿饭,道士就告辞,爸爸把他送到路上就回来了。妈妈说:"怎么不让老道住在咱们家?"

爸爸说:"人家观里有规矩,不让他们住在百姓家。"

"嗯,这还挺好的。"妈妈说。

爸爸回家了,山娃也就守些规矩,晚上只有做作业,妹妹睡觉早,看到爸爸进了他自己的小屋,山娃才开始做自己的事情。

"你就不会跟孩子说上几句话?"山娃听到妈妈说。

"嗨,我也想,可是我的事情太多了,又给人家治病,我是没有时间和他说话的。还有呢,李时珍的《本草纲目》到底怎么样?你想啊,李时珍是明朝正德、万历年间人,距离现在已经五百年的时间,随着科学的发展,中药也有进步。农民要知道如何种地,工人要知道如何做好工,我们医生就要知道如何解决中草药的药理和药性,原来我们知道理,现在我们就要知道什么道理能够治好病。"山娃爸爸说得慷慨激昂。山娃听得也振奋。山娃妈妈说:"说得好,听着也挺好,就是不能知道到底能否做得好,都是以后的事情,先说一件眼前的。"

"什么事儿?"山娃爸爸说。

"啊,早上大哥来了,说要在咱家里弄上几个池子养虹鳟鱼,你看怎么样?"

"没事啊,我是没意见,只要你能顾得上,我这里没有意见,你看着办。"

"那不行,要我自己还好说,后面还有我嫂子,请神容易送神难。现在想养鱼,自己又不来,很容易闹意见,与其这样还不如不让来。"

“你们娘家的事我就不管了。现在我最重要的就是《本草纲目》修订的事情，我要学习李时珍，走遍祖国大好河山、天山南北、青藏高原、白山黑水，我要把李时珍当年没有走过的地方都走遍，把李时珍没有收录的草药全都收录进去，我要做一项很大的事业。”山娃爸爸说完关上门，做起自己的事。

妈妈没办法，自己出来了，山娃跟着妈妈回到正房屋里去。

这个时候山娃忽然觉得后面有人来，回头看，爸爸又从他的屋子里面出来了，走到山娃跟前说：“我的最大愿望就是要把山娃培养成为一个伟大的医生，传承我家的祖辈医术，让他发扬和光大。”

妈妈对着爸爸说：“有病，实在是有病！整天神神叨叨的。赶紧弄你的李时珍，弄你的《本草纲目》去吧。”

想起爸爸的话，山娃没往心里去。爸爸弄《本草纲目》，那是他的事，自己则是惦记舅舅说的买测向机的事情。想到这些也就一个晚上没睡好，迷迷糊糊就到早晨了。起床就上临山镇的中学去看舅舅。

却没想到刚出门，看到爸爸在门口来回转悠。他翻了半夜书，逐行逐句翻看《本草纲目》，查找书上写的药材想着将来要上那里去，同着道士来把草药修一遍。他忽然想起山娃来：“也不知道山娃的书读得到底怎么样？”

看到山娃出门，就说：“你去临山镇，把你舅舅叫来商量个事情。”山娃答应着，回头和妈妈说到临山镇去找舅舅，说完就走了。

不走大路走上小东山，很快到了临山镇的大街上，去到三中找舅舅，大操场上没有人。只好来到姐姐商店问。

“姐，我舅没来吗？”

“没有啊，你怎么会这么早就来了？”姐姐很是奇怪。

“我爸让我来的，说是找我舅舅商量事。”

“我还真的不知道，你舅舅也有好几天都没来了。”姐姐这样说。

既然是这样山娃也没办法。他不想去到舅舅家，山路要走四个小时。平常舅舅都在中学里住，一个月才回家一次，回去一次在家待四天。

没办法，回去吧。山娃往家走，回来还走小东山，到了山顶山娃想歇歇，就爬上一棵大树上面看风景。

小东山很奇怪，山的这面森林茂盛，另外一面鲜花朵朵全是一些小灌木。早先请了一位专家来看过，说是山体两边构造不一样，山顶就是分界线，山体构造不一样造成两面植被不一样。

坐在大树枝杈上面朝下看，靠着自己家的一面是树木高大的阔叶林，这面却是低矮的灌木，浸在鲜花丛中，挺好看。突然，山娃看到了有人穿梭鲜花丛中，来来往往，男男女女的也不知道在干什么。下了树，山娃想了想，忽然觉得应该去看看，于是慢慢下山追逐去看那是什么。鬼使神差，来到一处场地，看见舅舅站在那里等待出发，山娃明白了，这个就是在测向。前几天的时候山娃见到过，也听舅舅说了，他在临山镇的中学正在接受培训，项目就是无线电测向。

跑到舅舅跟前去。不管不顾地叫："舅舅！舅舅！测向机的事情怎么样了？"

"我还没有见到你姐姐，我也不知道。"舅舅问。

"哦，那您见到姐姐好好说。"

"那是一定的，放心吧。"舅舅说。。

山娃还想说什么，就听一个声音传过来："嘀——嘀——嘀——嘀——嘟——"舅舅听到最后一响，手指打卡计时就跑了。

山娃看着舅舅跑了，决定看看再回家。还没站在原地一会，一个老师就过来："哎哎哎。这位同学，这里不能待，你要影响比赛的。"山娃还想往里走，有人把他拦下来。山娃说："我就想看看是什么东西，能让我看看么？"

"不可以，你是哪个学校的？教练是谁？"人家拦着山娃不让走，山娃就急了。低头就从人家胳肢窝下钻过去，那人很吃惊，胳膊往下放想夹住山娃没夹住，山娃一头钻进灌木从里，随后看见灌木丛中树枝来回动，就是不见人。

"哎呀呀！简直是神人，谁家的孩子！"

没有人说话。这个时候山娃捡了一个天蓝色的指卡，就和阳光测向那儿的一个样，有个松紧皮套，山娃套在手上觉得挺好玩。到了山顶往下看。还是觉得不对，站在山顶看见有人跑过去，山下就是山娃的家，山娃不看了，赶紧下山奔向自己家。

上山容易下山难，但山娃从小生在此地长在山村，能把山坡当平地，三下两下顺手拉几下树干,眨眼工夫就到了山下公路。公路离家不很远,站在公路上的时候山娃看见自己家里有人来回跑,加快脚步往家赶,过了小桥到了家。首先看看虹鳟鱼,简单数了数,没有丢,又去旁边空场去看药材怎么样。也是赶巧了,正当山娃赶到晒药场的时候一个学生拿着测向机器正在跑,山娃大喝一声:"干什么呢?"那个学生一惊,脚下没有看见,扑通一下摔倒了,摔倒同时碰了一个筛子,筛子翻了药材散落在地上。山娃接着说:"站住,听见没有,叫你站住呢。"山娃仔细看,这个同学年龄似乎大了些。山娃一喊大同学就站住了。

山娃走过来:"你是谁?到我家里干什么?"

大同学说:"我是在这里这参加无线电测向比赛的。"

"比赛,跟谁在比赛?比赛我是知道的,就在操场上面跑,而且不是牛叫就马叫,你们这是什么东西我可没见过。"

"啊,你说的那个叫作阳光测向比赛,和这个是不一样的。这个才叫测向比赛,真正的测向比赛。"

"是吗?咱们不说这个了,你把我家筛子给弄翻了,怎么办?"山娃翻脸了。

"还能怎么办,给你捡起来。"大同学说。

"说得轻巧,那粘在药材上的泥土你能弄掉吗?"山娃有点不讲理。

"那你说说怎么办?你说咋办我咋办。"

山娃也没想到是这样,就说道:"那也不行啊,我要说了咋办你能办到吗?"

"你说吧,脑袋掉了碗口大的疤,只要你能说出来,我就给你办。"这样一句话,倒让山娃为难了,平日里,山娃这样说话谁都不敢顶他,却没想到今天这个学生会这样。转着眼睛想对策,想想怎么才能不落下风,人家说话了:"怎么样?说话呀,你要不说我可就走了。"

"你敢走,这里是我家,弄翻药筛子还想走,没门!"

"好啊!那你看看我能走不能走。"这个学生先是翻了一个跟头过篱笆,然后再翻一个,两个,连三个,一下翻到小桥了。

山娃眼睛都看直了,敢情还有这等的运动。山娃紧跑几步上前追上学生,双手一拱说:“实在是失敬,刚才多有得罪,这里先道歉。其实没有别的意思,就是想玩玩你的测向机。”

“这个呀,有事好说呀,给你玩玩没问题,告诉你,明天这里还有比赛,你就拿去玩,不过有一样你要跟我先到终点打卡之后才能给你玩。”

“行!小菜一碟,你在前面跑,我在后面追,你到终点我也到终点。”

“真的吗?就这样,一言为定,现在就开始。”只见学生手里拿着测向机,简单确定一下方位,撒腿就跑,速度之快,山娃看神了。不过这些倒是不会难倒山娃,他是此地生,此地长,一草一木全都熟悉。说话间,山娃飞奔向山顶,接着飞身下了山,坐在终点附近等着同学跑回来。

时间也不长,这位同学到了终点刷卡之后慢慢走向主站查看成绩。看看周围突然一惊,山娃正在看着他。

“你小子,会到我前面来,难道你有飞毛腿?”

“没有飞毛腿,就是比你快了一丁点。”山娃此时很骄傲,可算有神气的时候了。

“等会儿,你叫什么名字呀?”

“没有名字,就是山中一顽童。”

有人走过来,看看山娃又看看同学,对山娃说:“你知道这个是谁吗?”

“不知道,我就知道我要比他跑得快。”

“行,那我告诉你,这是全国一级健将,世界测向冠军保持者,已经连续三年了。”

“是吗?很好啊。我就欣赏世界冠军,不知今天怎么落到我的后面去的。”

“这个问题嘛,有点复杂了,你看怎么解决呢?”老师是在世界冠军眨巴眼睛时说出这些话的。

山娃还想说什么,这个时候过来两个人,看见这两人过来山娃就傻眼了。

舅舅同着爸爸过来了。

山娃看见爸爸和舅舅,山娃上前去,对着舅舅说:“舅舅,我的无线电测向机在哪儿呢?”

“山娃你别急，这不是正在进行培训吗，我都不知道怎么使用又怎么给你买呢？你要耐心等一等，等我学会了，一定给你买。”

“就是会那嘴巴涮人，我也不听了，我去找我姐姐买去。”

舅舅说：“说好就是说好了，这个孩子怎么这样想。”

山娃爸爸说：“去，哪有这样跟你舅舅说话的。赶紧回家喂鱼去。”

“爸爸，我先不走，我还要学无线电测向，然后还要去一趟临山镇去找我姐姐买东西。”

“那不行，今天一定要回去。我还等你传承医道，不能到了你这辈子咱中医世家就完了。”爸爸说话很强硬，山娃从来没有遇到爸爸今天这个样。只好说：“那就听你的，我就走，回家去找张仲景。”

“还要做作业。”

“是，做作业。”山娃觉得很无聊，没有告别任何人，串着树丛就走了。

山娃快到家的时候，武当山的道士出现了。

本来老道都在观里不出门，这里能够看见道士，大家觉得很奇怪，也就围着道士看，全都敬而远之地看稀罕。

山娃认识老道但也不想和他说话，自己进到院子里。老道就在山娃家的门外河边等着山娃爸。

等了好长时间，山娃爸爸才到家。

这个时候围观的人大部分都散去，山娃爸爸看见老道跟大家说道：“他是武当山道士，大家见过了。”

道士抬手说：“无量天尊。”算是打招呼了。一缕飘然的黑胡子，还有道士帽和一身道士袍子，让人觉得离着我们很远。

八

山娃回到家，妈妈已经回来了，妹妹还在莲莲姐姐那里住着没回来。舅妈从山里出来正在临山镇，就在姐姐那里住着，小妹觉得那里好，妈妈也就同意妹妹在姐姐家里住上一阵子。

看看虹鳟鱼，清澈见底水中游，大的鲟鱼让莲莲姐姐捞走之后又从外面进了一些鱼苗，也从外面买些大的，防备有人要吃家里没有。

书桌上，一本张仲景的《伤寒论》，线装书，那是祖上传下来的，爸爸看的时候会小心翼翼地。

也不能说山娃对学医完全没兴趣，只是他和爸爸想法不一样，不一样还不能跟爸爸说，说给妈妈听的时候妈妈到十分赞成。山娃对妈妈说过他想走出大山去，走出大山去到北京、上海读书。爸爸总对他的这些想法不以为然的，说是他家几辈子，都是这么过来的，不也全在乡里镇里有着很高名望吗？不用出山就能做，何必花那么多钱到外面去学习？山娃想想都心寒，现在过了暑假要上初中三年级了。中学毕业以后如何还是未知数，或许爸爸坚持要让山娃上武当山，也许听了妈妈劝说，山娃将来会上大学。当然了，上学就上大学，要给姚家争光。多少辈子没出过大学生了，如同当年金榜题名，进士及第了。想到这里山娃就高兴，高兴之余也就要和妈妈说上几句，也让妈妈知道他的想法和方向。

“妈,我爸又在让我背诵张仲景的《伤寒论》了。”妈妈在喂鱼,山娃跑来和妈妈说话,想听听妈妈怎么说。

“背书就背书,没有什么大不了的嘛,先把作业做好了,然后再去完成你爸爸交待的任务。”

“我知道,妈!我想走出大山去,想到大城市去,您要同意我还想去北京、上海看看。人家都说北京天安门,我还没有见过天安门,您也没见过。我还想叫上毛榉子和山竹子,我们三个一道去。或者去广州,找山竹子的爸爸,看看到底怎么了。”山娃说着这话时变得很兴奋,看看妈妈脸色也没看出什么来。

山娃妈妈说:“我也想去上海,去北京,我也想看天安门,可是小梅怎么办?家里的鱼怎么办?还有家里药材怎么办?没有这些你怎么能够上学去?人家要学费呀!你还想去县三中,三中会要多少赞助你知道吗?”

“不知道。”山娃摇摇头,很迷茫。

“不知道就好好在家待着,好好做作业,好好读书,好好去喂鱼,好好采药,晒干药材也好卖钱,明白吗?”

妈妈一席话让山娃所有理想全都破灭了。妈妈说得对,走路一步一步来,吃饭一口一口吃,想法是好的,想法都要伴随金钱的,这是生活呀!这就是生活,生活可以驾驭人,生活也是可以毁灭人。生活就是乱七八糟的事情搅在一起看你如何来处理,生活就是柴米油盐,就是吵嘴、打架、生气。这个就是生活,有人能够升大学,有人不能上大学,有人出生就很富,有人无论怎么样挣钱怎么样过日子,一辈子都贫穷。

山娃在旁边听着妈妈说话像是在听政治课,这个政治课没有说教,没有理论,让人听得很舒服,真的很佩服,山娃真心地服了妈妈。

世间事,只有妈妈亲,有妈就有家,没了妈,家也就没了。不管海外游子还是打工在外,或者值守边疆,无论有多远,儿女都会想念妈妈,妈妈就是人间最好的。

“山娃在家吗?”毛榉子在叫。

同时还能听见山竹子的说话声音传过来。

“山娃作业做完了吗?”山竹子说。

“山竹子来啦？快进来。”山娃妈妈招呼着。毛榉子和山竹子进到院子里，没有看见小梅，于是问道：“小梅呢？”

“去临山镇的电器商店了，她舅妈想她了，到那里住几天。”妈妈回答说。

“嗯，也许今天就能回来。”山娃说。

“这孩子，你是怎么知道小梅今天能够回来的。”妈妈问。

“我也不知道，我听我舅舅说我姐今天会过来，过来时候要把小梅带过来。”

“是吗？我都不知道。你可是成精了。山竹子、毛榉子，快来吃西瓜。”山娃妈妈抱起地上西瓜就要切。毛榉子说：“婶子不要切了吧，我们几个就想出去玩一会儿。”

“哦，山娃作业也做完了，去玩去吧，只是不能太远了。”

说曹操曹操就到，姐姐坐着汽车来了。

山娃果然说中了，小梅跟着姐姐回来了。山娃跑到汽车跟前接了小梅很高兴，抱下车来就把小梅放地上，然后领着小妹水池那里看鱼去。

“正好莲莲来，你爸说了想在这里修个养鱼池。”山娃妈吗说。

“啊，大姑妈，我们不修建养鱼池了，还是原先那个样，你们养鱼我给你们卖。一来我也省些力，每天都要照顾商店我也没工夫。”

“嗯，这样啊，我给你准备好了中午饭呢。”

“不吃了，送回小梅我还得回去，我妈说什么也不住在那里了。我还要把她送回山里去。”

“哦，不是挺好的吗？干吗要回去？”山娃妈妈问。

“嗨，她嫌镇里吵，一天到晚都是人来人往的，没有一点消停的时间，我妈就想回去还过她那朝九晚五的生活。”姐姐说着就要上车，山娃赶紧过来拦住姐姐说：“姐，上回说的话还算数不算数？”

“什么话，我说的话多了，谁知道你在说哪句？”

“就是要给我买测向机的事情，难道你忘了？”山娃拉住姐姐不松手。

“这两天事情太多了，没有顾得上，今天回去就给你买好不好？”

“那好吧，我就等着你给我买呢，买了测向机我好参加测向比赛去。”山娃看着姐姐很是期待地说。

“你就放心吧。”姐姐说。

山娃松了手，汽车也就开动了。

看着汽车走远了，妈妈说：“你也太霸道，你姐能够买到吗？”

“能买着，我姐说了能够网上买。”山娃很有信心地说。

“什么网啊，我也不知道。咱们这个地方人家能够送来么？”妈妈这话真有道理，说得山娃还真有些泄气了。

“那可怎么办？”山娃问妈妈。

“还是找你舅舅吧，他那里不是就有吗？”

“嗯，行吧，明天我就找我舅舅去。”

妈妈看着儿子没说话，一般时候只要儿子说了话，妈妈都会支持的。

看到妈妈说了找舅舅，山娃也就不再说什么，反正明天就能见到舅舅，不管什么原因，总能到手一台测向机。

到晚上，山娃爸爸回来了。

山娃爸爸回来先吃饭，接着检查山娃的学习，看看作业做没做，做得对不对。其实也是瞎看，爸爸根本不会做数学。还有英语也只是听听，至于听懂听不懂的只要山娃朗读不打磕巴就算通过了。

又是一个大热天，山娃走过小东山去临山镇找舅舅，站在山顶上，看到对面大东山上有人在活动，来来往往的，还有汽车进进出出的。他不知道那里正在干什么，反正觉得就是有好事情。山的对面山娃去过的，很大的一个院子，里面一所大房子，平日没有人。院子里面有个很大很大的养鱼池，养着鲤鱼、鲫鱼，还有鲢鱼和鳙鱼。山娃去的时候还能看见里面有黑鱼，挺大的。只是里面有人看着，山娃不敢动，要是没人真想拿着鱼叉去把那里的鱼给叉上来。

院子里面还有树，很高很粗的大树长在里面，夏日很凉爽。后来山娃打听过，说是那里原来是个军事重地，还是山娃没有出生的时候，北京来了很多人，就在大山里开山放炮炸山洞，炸出一个很大的山洞，山娃也是进去过的，只是没有手电筒，里面很黑，能够听到蝙蝠在飞，还有猴子吱吱叫。

山娃当时挺害怕，很快就出来了。出来之后又去过一次，发现山洞没有了，据说有人给封了，全是钢筋混凝土。偌大的山洞封闭起来，外面堆上石料，山上荒草长起来。再后来呢，就是长了树，小树长成大树，也就被人遗忘了。记得还是山娃十岁的时候，那里来了人，汽车来了，人也来了盖了很大很大的房子，门口挂上“全国无线电测向培训基地”的大牌子。

对了，山娃怎么能忘记这事呢？现在看到那里应该就是要进行无线电测向集训了，想到此，山娃脸上露出笑容来，几天来的阴霾全飞走了，山娃有了新主意。

过山岗，山娃来到姐姐的电器商店里，看看姐姐还是不在就问道：“哎，你们知道我姐上哪儿去了吗？”

伙计看看山娃，是个老熟人，只是山娃姐姐说过的，不准告诉任何人，老板的信息谁也不能告诉。记得有一次，姐姐正在后院做事情，前面来人要找姐姐，伙计就给带到后院，姐姐一看撒腿就跑，原来来人是要账的，姐姐资金周转不过来，人家跑来要拿钱，姐姐待在后院就是为了躲账。后来事情搞清楚了，姐姐开除了那个带着陌生人到后院的伙计，大家都知道了老板的厉害。

山娃没有问出来，正好电脑开着他便坐下，手持鼠标浏览电脑。忽然间，山娃看到一组数字刚好想到了，这是那个拓扑雷网上商店，这个网站可以买到测向机。

于是打开拓普雷的网站，一看原来这个网站是北京的。

山娃知道了，回家一定要买电脑，有了电脑自己也能买东西。坐在桌前看电脑，想着自己买台测向机。捣鼓出来测向机的网站拓普雷，却是无论如何没法继续下去，人家要求付款，山娃没有钱，就不能继续购买了。

很苦恼，买不了测向机，只好打开其他网站看新闻。

临近中午了，外面有摩托响，山娃出门迎接，看见姐姐回来了。姐姐停好摩托车，看见山娃笑着说：“来了好一会了吧？”山娃点点头。

姐姐接着说：“别着急，等会给你买。”

“什么时候能到手？”山娃不放心地问姐姐。

“这个我也不知道，一般情况三四天都能到。”

“知道了，姐姐，我舅舅今天在哪儿呢？”

“是到山里进行无线电测向培训了，有事呀？”

"嗯,有点事儿,不过也没关系,我等我舅舅。"

"你要愿意等就等,不是又冒什么坏水吧?"

"没有,就是想我舅舅了,想我舅舅不成啊?"山娃说。

"成成成,哪能不成呢。外甥要看舅舅,当然很正常。"姐姐说。

"哎,姐,我还没吃饭呢。"

"是啊,吃饭,吃饭。哎,小王,你领着我弟去饭馆,想吃什么你就给他买什么,你也跟着吃。"

"哎。好嘞!走吧。山娃。"

山娃笑了笑,觉得很幸福,跟着小王出门奔饭馆,进了饭馆门,找个地方坐下来,服务员拿来菜谱,山娃打开看翻了半天,一道菜都没点,好多菜他都不知道是什么东西,也就不敢吃。

"哎,服务员,来个虹鳟鱼片,一个红烧鲟鱼,加上一个红烧肉。行,就这三样吧。"说完了,就把菜谱递给小王看。小王说:"山娃呀,你这几个菜,我也没吃过,今天真是跟您沾光了,您知道这三道菜多少钱么?"

"知道啊,虹鳟鱼片一百五,红烧鲟鱼三百七,红烧猪肉倒是不多,二十八,一共是……妈呀,一共要给五百四十八块钱呢。算了吧,我要真是都要了,我姐就不一定给我买测向机了,算了吧。"

"服务员,等一会儿。"小王赶紧高声叫着服务员。

"您有什么事?"服务员过来问。

"你把前面两个菜给退了,再加上一个鱼香肉丝就行了。"

"那好吧,我们正在说着怎么会这样,一盘虹鳟鱼片一个红烧鲟鱼,是谁这么有钱买呢。"服务员解释说。

"这还算有钱?告诉你,这位,就是眼前这位,他家就是虹鳟鱼养殖专业户,要虹鳟鱼,就想看看这里有没有。"小王说。

"哦,是吗,好家伙,有眼不识泰山,得罪了!我们正在说着虹鳟鱼和鲟鱼全都没有了,想找莲莲去要呢。"

"啊,是要虹鳟鱼吗?"山娃刚要说话就让小王捂住嘴。山娃挣扎扯开小王的手说:"你捂住助我嘴干什么,我还要说让他上我家里去买鱼。"

"小老哥,你错了,你可不能干这个,你要干了这个事情以后,你们所有虹鳟鱼你姐就该不管了。”

“哦,是这样啊!”

“对了,商场无父子,你这样做就是断了你姐的财路,还有可能你姐从你们那里取了鱼,就会给你们一个卖出价,就是她卖给人家多少就会给你多少钱。对于其他人,也就两说了,你姐给你们找了活,她也不能一分不挣不是么?”

“哎,小哥呀,你要不是这样说,我还以为我能做买卖了呢,感情是这样。好吧,我错了。千万不要和我姐姐说。”

“行了,你就放心吧,出了你的嘴,进了我的耳,进我耳朵也就淹没在我心里了。”小王这样说,山娃听了觉得小王还真是个好人。

就这时,饭菜上来了。山娃吃饭,狼吞虎咽。小王看着眼睛都发直。敢情这位小哥能有这么两下子。

等到山娃吃饱肚子,回到姐姐电器店,有人拿出一台测向机:“可是回来了,你舅舅让我把这个交给你,还说这叫短 80 米的测向机,祝你跑出好成绩。”

“谢谢了,谢谢我舅舅。”山娃十分高兴地跑出了商店,就在临山镇的街上快步走。走到山边再上山,走了一半忽然想起来:“不对呀,舅舅答应要给我买一套机器的,怎么就一台?”

看看天,太阳已经落在山顶上。

“有机会再说吧,反正也算是有了一台测向机,有了初一就会有十五,我就不信我舅舅不能给我买一套。”

九

一夜没睡好觉，山娃做了许多梦。梦里自己拿着测向机，跑在所有人的前面很骄傲。梦见自己站在领奖台，胸前戴着大红花，手捧金色奖状放光芒。还梦见校长当着全校同学表扬他，还把奖章戴在他的脖子上。一夜做美梦，只是天亮前睡了一小会儿，刚睡着，妈妈叫他起来去喂鱼。

虹鳟鱼在清清水中游，山娃拿来鱼饵料，一小把饵料洒在水面上，等鱼吃完再撒一把饵料在水面，大早上，山娃看着虹鳟鱼欢快地在水面抢食饵料，水面不时哗啦哗啦响，山娃很高兴。山娃换个池子再喂鲟鱼，这些鲟鱼不算大，妈妈想着多喂一些，也让鲟鱼快快长大。莲莲姐姐却说不可以，那样会把鲟鱼吃撑了，鱼吃饱了不运动，也会生病的。那样就得不偿失了，还是定时定量好。既然莲莲这样说，山娃妈也就不敢喂饱了，好让鲟鱼运动，健健康康才是好。

喂完鱼，山娃回到屋子里。吃饭时候家里来了客人，其实是来了病人，说是感冒发烧好几天了都没好，村里大夫还说感冒就是这个样子，需要一个礼拜。

山娃爸爸问了病人在哪里。来人就说在山里，不大方便出来到这里。

“那好吧，我们赶紧走。”山娃父亲没有顾上吃早饭，赶紧跟着来人坐上三轮车，来人开着车突突突地奔向山里，沿着很窄的马路往前走，对面来车时要躲在路边等待对面车辆过去，自己这边才能往前走。有的时候马路就在悬崖上，就是挂在山腰绝壁上的一条路，隔着不远就是一个避车洞，没有这样的洞，对面来车也就走不了。

沿着山上的石子路，三马车开了一个小时到了病人家，山娃父亲赶紧下车进屋奔向病人号上脉。左手号完号右手，手指掐着脉搏好一会，摘下眼镜说："这个事儿，真的很复杂，你们村的医生说得没有错，我想你们该去省城，或者上北京上海去看看。"

"那您说，这个病是什么病？"家属很是着急地问。

"我说了，有点复杂，还真不像感冒发烧的，不过外表倒是这样，很像感冒发烧病。"

"哦，姚先生你要一说我就明白了，也就心里有数，我就听您的。"

"要治就要快点儿治，不能再把病情耽误了。"

"行，老叔，您把姚先生送回去，我这就做些准备咱们去省城。"

说话挺痛快，山娃爸爸很宽慰。其实人家早就明白了，这是个大病先生治不了。看病人，三十多岁的妇女看着挺可怜。快要出门时，姚先生的手就在裤兜掏了掏，大约一千多块钱，想了想，还是没有拿出来。他在想着这个举动一出来，等于就把病情说透了。心里想："还是不拿吧。"已经掏出钱的手就又退回去。

回到家，老道也来了。山娃爸和山娃妈妈说了句话，说是要和老道出去大概四五天，也有可能七天，不会超过八天准回来。

山娃妈妈答应着，"谁有谁的事，谁有谁的活"，既然丈夫愿意走上一条艰苦路，她也不能阻拦，要让丈夫做出一点事情来。

"你走吧，家里你不用操心，山娃这么大了，有些事情能明白，不会有事的。"看着丈夫走过小桥，山娃妈妈心里不好受。

"山娃，赶紧做作业，做完作业采黄连去。"

"哎，行，我跟毛榉子和山竹子一起去。"

作业不用愁，连前带后一个小时山娃做完当天作业，然后过桥去找毛榉子和山竹子。

到了毛榉子家，毛榉子妈妈正在算账，山娃没敢惊动毛榉子，就在门口虹鳟鱼的水池旁边站了一会，看看毛榉子家的虹鳟鱼。

山娃看着毛榉子家的虹鳟鱼池觉得不对劲，家家户户的虹鳟鱼的皮肤都是光光的，毛榉子家的虹鳟鱼好像有白点。山娃想着可能毛榉妈妈进了其他品种的鱼苗，就像长毛兔子一样正在做实验，也就没多在意。

没有叫上毛榉子，山娃就去叫山竹子，沿着小河往西走，山竹子家的后门就到了。人常说："靠山吃山，靠水就吃水，沿着小沱江的上游人家，不管住河东河西，都是靠着河来想主意，想了主意就发财，大财谈不上，起码能够丰衣足食过上好日子。"

毛榉子妈妈当着村长也就有着村长的责任和乐趣。山娃看到毛榉子家的长毛兔子确实毛很长，开始来的时候是一对，现在已经有了十二只，只是那十只兔子还是小兔子，很可爱。毛榉子说过的，说是妈妈养着长毛兔子还不敢放开，绝对不能像前几年那次引进野猪那样了。

那个时候毛榉子还有山娃他们刚上初中一年级，晚上回来看见家里来了几头小猪，黄毛中间夹着黑色小道道。一共有十头野猪，本打算分给大家养。现在人们都不愿意买肥猪肉，野猪很少有肥膘，有人也就花大工夫逮了野猪崽子养着然后下了猪仔卖，猪仔长大之后，野猪肉就上市场，大家全都愿意买，而且价钱还挺高。

本来是好事，就没想到野猪有野性，一般猪栏圈不住，还没养大就跑了，跑进山林成了真野猪，后来疙瘩坞就不得安宁，无论种上什么庄稼野猪都会光顾，简直没办法。再后来呢，临山镇就做了决定说是可以打野猪，但是不能打绝了，野猪也是国家二级保护动物。

政策一出台，疙瘩坞的百姓都去打野猪，有人设着钢丝套，有人挖了陷阱来让野猪往里跳，后来公安也来人，拿着大枪进山打野猪，再后来野猪就没了，可能野猪学乖了，藏到更深更远的深山里。

没想到一年时间过去了，野猪卷土重来。虽然没有原来那么多，却也黑天白天村里村外瞎转悠。有人晚上把家猪拴上放在门外面，有时就有野猪前来光顾，然后就是一张大围网撒下来，野猪肯定跑不掉，把网拴在树上等着天亮来收拾。

说了这么多，这些事情全是毛榉子妈妈引来的，这次接受教训，长毛兔子自家先养着。说是等着剪下第一次兔毛之后看看价钱,知道赚钱不赚钱才能推广给大家。山娃想,毛榉子妈妈真是好人,是个大好人。

来到山竹子家院子后面轻轻一推后门就开了。山娃正往前走,山竹子从后门走进来了。紧走几步到了山娃跟前说:“很忙啊,都有两天没来了。”

“是,几天时间都在为了测向机的事情忙。今天不一样,我有了测向机了,你看看。”山娃拿出测向机,就在山竹子面前显摆,山竹子就抢过来,拿在手里看。看了一会突然说:“你的测向机能响吗?”

一句话,说得山娃挠脑门,真是的,净顾了高兴,都没试试响不响。

山娃说:“还真是,我都没试试响不响,你等着,我回家去拿耳机,听听响不响。”

山娃回家去找耳塞,插上试试,一点声音都没有。翻来覆去看一会,觉得后面那个钉子有问题,就找螺丝刀,拧下螺丝钉来打开盒子看见了,里面没有装电池,心里说:我姐也太小气了,都没给我装上电池,还得自己买电池。

赶紧翻到自己床下,翻出十块钱,就去商店买电池。

连上三道坎,山娃进了小商店。问了电池多少钱一节,人家说五号电池两块钱一节。山娃又问有无便宜的?人家说没有,七号电池有便宜的。山娃没办法,只好买了四节聚能环的电池,人家说是最好的。回家装电池,插上耳塞听,什么声音都没有。到了这个时候山娃脑门的汗就下来了,哗哗往下流,落在地上湿一片。

怎么办?脑袋流汗手没闲着,两个旋钮来回,转来转去忽然听到沙沙声,没有其他声音,山娃也不知道为什么。出了门,来到山竹子家里问究竟。

“山竹子,看看这个。没有那天听到的声音,你来说说怎么一回事?”山竹子就接过来,听了听,想了一想说:“我觉得你这机器已经是响了,只是没有电台发射信号所以我们听不到。”

“哟,那怎么办呢?”山娃说。

“我也不知道。山娃哥,你那么聪明你想主意吧。”山竹子说着去家里拿来鱼食要到屋子后面去喂鱼。

山娃蹲在水泥池子边上看着鱼,忽然想到虹鳟鱼身上的白点就说道:“我去毛榉子家,我找毛榉子妈妈问问去。”不等山竹子说话,山娃就去了毛榉子家。

一进门就喊：“毛家婶子，在家么？”毛榉子妈妈在算账，村里事情每月都要结账，一分一厘全都不能错，听见院子里面山娃喊，就出来：“怎么了，山娃？”

“刚才我没敢说，我找毛榉子。还有就是您也出来看看虹鳟鱼。”

“虹鳟鱼怎么了？”毛榉子妈妈有些不理解。

“出来看看您就知道了。”

毛榉子妈妈就出来，看看养鱼池，没有察觉什么就说着：“没有什么呀。”

“您再看看我们家的还有山竹子家里的鱼您就知道了。”山娃说。

毛榉子妈妈又上山竹子家的鱼池看看，忽然就急了，嘴里说：“山娃，疙瘩坞村就你跑得快，毛榉子，跟着山娃赶紧去趟临山镇，去叫莲莲姐姐来看看。”

毛榉子应声走出来，揉着眼睛说：“让我学习也是你，让我出去也是你。到底叫我做什么呀？”

“少废话，你还交不交学费，你还交不交伙食费了，毛榉子？”

“交呀，不交还能念书吗？”

“那就赶紧去，婶子都急了，你还在这讨价还价呢。”

“那好吧，山娃咱们赶紧走。”

不用说废话，出门之后山竹子也来了，三人直奔小东山，上山又下山，到了临山镇上找到莲莲姐姐说了毛榉子家里虹鳟鱼的事情。姐姐说：“知道了，我这就去，你们还跑来一趟，不会打电话吗？”

直到山娃才想起来说：“真是的，毛榉子家里就有电话，都是忙得给忘了。”

天要黑的时候姐姐带着专家来了，来到毛榉子家的鱼池看，专家从包里拿出一个小瓶，倒了一点橘红色的液体，摇一摇，就把药品倒进鱼池里。来人说：“幸亏你们说得早，要是再过两天，怕是会传染，不是空气传染，就是我们所说的流动的水也传染。要是真的传染了，我相信，整个小沱江都要没有虹鳟鱼了。”

毛榉子妈妈说：“看来真要感谢山娃了，你等着晚上给你个惊喜。”毛榉子妈妈说完这句话,山娃心里高兴了好一阵,到底惊喜什么他还不知道呢。

天黑了,莲莲姐姐骑着摩托带着专家往回赶,说是要让专家住在临山镇。

天色完全黑了以后,毛榉子妈妈来到山娃家里,掏出一百块钱说:“山娃妈,真是谢谢你家山娃,他可做了一件大好事,还去临山镇请了兽医,真是不简单,我也没什么能耐,就给你家山娃一百块钱,说好了,你们不要推,不用客气的。”山娃看看妈妈爸爸没有说话,接过钱,妈妈一下把钱抢过来。

“哎呀呀,可是不能客气的。老街旧坊的,我哪能收你的钱,山娃!我们还给你婶子,咱们不能拿。”

见到山娃妈妈抢过钱,毛榉子的妈妈说:“行了,就这样,山娃妈妈不能把钱要过去,我是为了感谢你的儿子,要不是他,整个疙瘩坞的虹鳟鱼都会遭殃的。”

“那好吧,要是那样山娃你就拿着吧。”

“谢谢毛家婶子,真的很感谢。”山娃手里拿到一百块钱时候真是很激动,这是长到这么大以来第一次自己挣了钱,而且还是一百块。赶紧小心翼翼收起来,看看如果再能有些钱,他们就可以走出山村上省城了。很是高兴,晚上睡觉的时候把钱拿出来,对着电灯左右看,看那水印看那毛泽东的肖像,还有一百元的阿拉伯数字,真是爱不释手,差点一夜没睡好。

又是一个阳光明媚的好天。山娃刚刚起床,想起自己的测向机,打开听听,里面竟然传来嘀嘀哒哒的声音,猛地一下坐起来,进而下床高声喊:“我的测向机响了!”

声音很大很粗犷,妈妈推门进来说:“山娃你在干什么?”

山娃没想到妈妈会进来,只好说:“妈,没事儿,就是觉得憋屈想喊喊。”

“哦,那你就喊吧。大声点,就把憋屈的气体全都喊出去。”

等到山娃妈妈离开家,山娃蹭地一下蹿起来,手里拿着测向机出门去找毛榉子。太早了,毛榉子家的大门关着呢。去山竹子家里看看,山竹子家倒是开着门,山娃进去趴着窗户小声喊:“山竹子,我的测向机响了。”一阵悉悉索索的声音,山竹子妈说话了:“山娃吧,山竹子出去早锻炼了,这会儿兴许就在你家门口呢。”

“哦,那我赶紧回去啦。”山娃说完赶紧往回返,隔着河,看见山竹子正在自己门口探头左右观望着。山娃隔着河就喊:“嗨,干什么呢?”

山竹子回头看见山娃赶紧跑过来。

山竹子说:“你怎么去到我家了?“

“今早上我一醒,就听见测向机里出了声音了,你听听。”

山娃一边说着一边往回走,山竹子也走,俩人碰在一起就在小桥上。

山竹子接过测向机,带上耳塞果然听到有声音,还是许多的声音。慢慢转旋钮,就能听见诸如“哒—哒 哒—哒—哒——! 这个声音最响亮,然后就是“哒—哒 哒—哒—哒—嘀嘀!”反正前面都一样,后面声音不一样。有的声音响亮有的声音不响,而且还是随着左右摇摆声音大小也是不一样。

“山娃,我明白了,这个里面有学问,你看啊,左右摇摆是吧,你听听。”

山竹子就把一个耳塞给了山娃,自己听另外一个。

“你听这个啊。”山竹子一边转动旋钮,一边仔细听。“你看这个就是不一样吧。转到这边声音大,转到这边声音小。这个声音小了,那个声音大。是不是?”

“还真是,我明白了,那个梁老师,就是阳光测向那个梁老师,告诉我是声音大的方向就有台,只要你这个方向声音大,就朝这个方向去找,就能找到台。”

“就是吧。”山娃说着拿过来测向机,耳塞放到自己耳朵里面听着,山竹子看着山娃眼睛翻两翻,没说话。

忽然间,山娃像是想起什么,又把一只耳塞递给山竹子。

俩人小桥上面闹,毛榉子开门出来了,看见山娃山竹子俩人闹在一起也过来说:“干吗呢?小心掉到河里去。”

“不碍事,掉进河里兴许还能吓个鲤鱼跳上来。

也许就是说着了,或者人有喜事精神爽。一条鲤鱼飞跃起来,小桥面上乱蹦,山娃冲上去,双手伸出去抓,就在双手就要抓住鱼的时候,一个鲤鱼打挺鱼就掉进河里去,然后就是真正的如鱼得水,自由自在地游走了。

山娃站在小桥上，双手两边一摊摇摇头，说了句："我倒真的很羡慕。"没头没脑的话，毛榉子还有山竹子很吃惊，毛榉子问："你羡慕什么？"

"羡慕鱼入水后自由自在，水就是它们的天堂。"

"又说傻话了。"毛榉子指着山娃脸朝山竹子说。

"行了，咱们不说其他的了。只说这个测向机，已经有了声音，这是什么意思？"山娃问毛榉子还有山竹子。毛榉子说："没有什么意思，意思就是那个声音就是我们要找的。"

"是，我觉得毛榉子说得对。"山娃说。然后看着毛榉子还有山竹子。毛榉子明白了，就说道："那还愣着干什么，赶紧找去呀！"

此时测向机正在山竹子手中，听见这话，不由自主地把测向机抓紧了。

"走吧。看看到底什么方向，我们找找去。"山娃说。

三个男生拿着一台测向机，山竹子在前面，其余两个在后面，跟着山竹子，就朝小东山跑来。

" 哒—哒，哒—哒—哒！"山竹子听着这个声音朝着东山跑，跑着跑着她又听见其他声音，前面也是这个音，就是后面有的"嘀—嘀—嘀！"的声音，有时嘀的声音两个，有时三个四个或者五个。

"这就奇怪了。"山竹就把收了的测向机器递给山娃说："你听听，怎么什么声音都有，有点乱七八糟了。"

三人一边说着一边走，很快到达山顶，看见山的另一面许多的人在奔忙，每个人的手里都有一台测向机器，都在寻找方向，寻找自己的目标。

山娃说："也许我们找对了。"

"什么都没找到，怎么能说找对呢？"毛榉子说。

"嗨，我是说呀，我们找对了，这个意思就是要是不来我们还不知道这个机器确实做着这个事。"

毛榉子看着山娃没有明白他在说什么。

山竹子也没明白，两只眼睛看着山娃眨眨眼睛，似乎在说他也不明白。

"走吧，我们不找这个了。"

"不找这个我们找什么？"毛榉子问。

"我们去找能够让我明白如何找电台的人。"

“哦,那好,那我们就走吧。”

山的这边没有高大树木,只有灌木丛,站在山上能够看到有横幅的人多的地方就是集中点。

山脚下,就是小沱江边,正是测向比赛的终点,山娃他们到了这里的时候正好看见舅舅一边跑着一边寻找方向,见到电台看看是否需要打卡,接着再找下一个。山娃过来了,山娃叫舅舅,舅舅看看山娃,没有说话,接着跑。

山娃紧跑几步超过舅舅横在舅舅面前说:“舅舅,怎么不说话?”旁边过来人,穿着黄色褂子拦住山娃说:“哎!这位同学你是哪里的?人家在比赛呢,你为什么拦住人家不让走?”

山娃说:“他是我舅舅,我在问我舅舅事情,您说我舅舅为什么不说话?”

“哦,是这样啊,不是你舅舅的不对,那是比赛时候不准交头接耳,防止互相串通,互相告诉影响比赛的公正。”

“哦,我明白了,舅舅,我们三个就到终点等着您。”山娃说完话,领着伙伴就像泥鳅一样瞬间溜走了,等到舅舅气喘吁吁跑到终点,山娃他们已经等待多时了。

小沱江边一棵大树下,舅舅一边扇着衣服一边问山娃:“你怎么又来了?”

“舅舅,这话你可问的没道理,我姐给我买的测向机,我都不懂,问问舅舅怎么了?”

“没怎么?你是问这机器怎么用,是吧?其实我也不是十分懂,我来给你找个老师教教你,找个全国最最优秀的老师教教你,怎么样?”

“那好啊。是谁呀?”

“走,你们三个跟我走。”舅舅领着三个人,一直走到比赛终点,一个很熟悉的身影出现山娃眼睛里。

“梁老师?梁老师,您也在这儿呀?”

“哦?你是?哦,对了,刚刚离开没有几天,你叫姚远,小名山娃,是不是?跑得很快的。阳光测向我们见到过。”

见到梁老师,就像见到亲人一样。山娃偎在梁老师的身边,外人看来就是一家子,爷孙俩,山娃笑着,笑得很香甜。

十

这几天，山娃爸爸没出门，还让老道住在家里给人看病，有人使心眼，先让老道看病号脉，然后还让山娃爸爸看一回。就在现场，俩人没有交换任何信息，最后开的药方全一样。

“真是佩服啊！两人开的方子全都一样，你说神不神？”疙瘩坞的山神爷这样说。一时间，远近山里山外的人络绎不绝，奔向疙瘩坞的山路上总有来求医的。

有的时候山娃爸爸在坐堂，号脉开方子，山娃爸爸是俗人，自然就要收诊费。老道不要钱，几天之后所有来的人就全都想让老道看，山娃爸爸不好说什么。可是一夜时间老道却走了，走的原因就是山娃爸爸说是有一味药的药性药理弄得不是十分明白，老道自告奋勇，重新进山看究竟。

药的名字是当归，现在的当归药材大都是出在甘肃岷县，别的地方也有当归，只是没有这里名气大。查看《本草纲目》，李时珍说四川当归，民间也是认可川当归，现在都用甘当归，自然就要说出甘当归的药性来，和川当归的药性药理有何不同，为了什么要用甘当归。中医下药讲究药理和药性，分析出来自然要有道理，就这样，山娃爸爸一句话，老道就要奔赴甘肃岷县。走的时候山娃爸爸说给带盘缠，老道说什么都不要，说是湖北有武当，甘肃有崆峒，都是老子李冉的后世，张天师的门徒，还能把他饿死了？老道走的时候山娃爸爸还是偷着给老道装了一些人民币。要知道,真正解渴解饿还是需要钱。

甘肃岷县离这里上千里,老道去了甘肃,去搞清楚甘当归的药性和药理,不是三天两天的事情,大家慢慢也就习惯了没有老道的日子。

没了老道了,也就没了免费的午餐,大家再到这里看病就要交给山娃爸爸诊费了。

这天早晨山娃刚刚跑步回来,爸爸叫他。山娃过去低头站在爸爸面前等着爸爸说。

"山娃呀,你也不小了,以前我都让你背诵一些汤头歌,从今以后要加一些,我要教你号脉了,怎么样?家传就有这样好处,不用到师傅家里去。"

山娃听了爸爸话,觉得还是不自在,心里还是想着到山外去看看,还想上省城,或许还能去到北京天安门。就说道:"爸爸,要不这样吧,按照道理是您说得对,我也应该学习这些了。只是刚刚要上初三了,初三是个关键阶段,你看这些是否要到高中再学习?"

爸爸想想说:"也是这么个道理,我再看看吧,反正我的想法就是考上高中咱就上,考不上呢咱就专门学习中医,我就这样想。你说呢?"

"我也这样想,就按您的想法做事情。"

山娃爸爸听了很高兴,觉得顺着山娃也就顺从了自己,不但家传医道能够传下去,说不定还会发扬光大呢。其实山娃倒不觉得是这样,什么专门学习中医,我还想上大学呢,这么多年了,爸爸还是有些不知道山娃的心里到底想什么。

开门迎客了,山娃打开家门就有两个人进来找先生。山娃指了一下东厢房。人们也就明白,看病去那里。

山娃开门之后要去喂鱼,喂完鱼后看看爸爸还在他的东厢房里给人治病,很忙很忙。

小梅每天起床晚,都要早上八点以后才起来,最近妈妈忙,毛榉子妈妈给了两只长毛小兔子,妈妈早上要去割好草,要把兔子喂好,剪下长毛好卖钱。

就在山娃刚要进屋时候毛榉子来了。毛榉子进门就说他也想去山外转一转。山娃就说成，他还想叫上山竹子，他们三个一块去。

毛榉子说："多一个人就会多出一份开销，咱们又没钱。"

山娃说："我也不想丢下你，我也不想丢下山竹子，我想出去看看就回来。学习看地图时候，发现世界那么大，我这里在地图上连一个小点都没有。"

俩人正说着，山竹子从家里出来了。

山竹子出来时候走路悄悄地，好像是躲什么事，来到山娃家门外，毛榉子刚要说，就让山竹子伸手给止了。说："先不说其他，昨天我妈让我去了临山镇，回来时候我就看见对面山上很多人。"

"对面就是大东山？就是那个三线工程大山洞么，接着往下说。"山娃想听下面怎么一回事，

山竹子说："你也不用急，就在对面山上看见许多的人，都是坐车来的，里面还有许多人，我就奇怪了，觉得他们好像是在做着什么事，当时我就想着是否要打开山洞搞旅游。你们想啊，那么大的一个山洞，要搞旅游有多好，里面还有许许多多小房子，那就是当年当兵的留下的。"

"山竹子说了这些我都不明白。山竹子，你想说什么呀？"山娃不客气，照直说了让山竹子有些下不来台的。

"也没有什么，我就记得咱们三个当时去过那里没有其他人，是不是我们再去一趟看看山洞，也好知道那些人来是干什么的？"

"行啊，反正我的作业也快做完了，还有二十多天没得干，不如就去一趟看看，没准也许能够采到一些贵重药材呢。"

"行，我说也行，那就今天去？"山竹子说。

"好像还不行，今天的事我爸都给安排好了，要不咱们明天一早走，一来时间走得早，趁着路上没人就走，就是公鸡叫唤那个时辰，你们两个说成不成？"山娃这是征求意见，实际也是在叫板，在赌气，昨天晚上妈妈和他吵了一架，出门到远处，一定要跟妈妈说一下的，爸爸不知道他去哪里都成，不能不让妈知道。

"行，没事儿，后天也成，要不大后天？"山竹子是这样说。

"不用，就是后天去，我在家每天都是背诵汤头诀，从来不让出去，我也

和我妈说好，不能让我爸我妈吵架。”

既然说到这里了，三个人也就散开去，各做各的事情互不干扰。

到晚上，山娃试着要和妈妈说，爸爸进来问：“今天早上毛榉子还有山竹子你们三个在咱家门口嘀咕什么呢？”

山娃一看保不了密，不如直说了。清清嗓子说话：“爸，妈，我想去大东山看看，山竹子看到那里来了许多的人，不知道他们干什么。”

“去就去吧，只要你是好好学习，好好背诵汤头决，让我省心，什么事情我都让你去。”妈妈这样说。

就这样。山娃有了主心骨，晚上悄悄问问其余两个，他们也说没问题。

第三天，山娃听着公鸡一叫就起床，先喂鱼，然后又喂兔子，山娃很是喜欢毛榉子妈妈送给他家的长毛小兔子。等到做完这些活，已经就快天亮了。

山娃赶紧去找毛榉子，到了他家看见毛榉子已经站在门口了。俩人又去找山竹子。到了山竹子家的后门，看见后门开着，不见人，刚想往里走，后面一声咳嗽，原来山竹子已经蹲在河边洗脸刷牙呢。三娃说：“吓我一大跳。我还以为碰上鬼。”

“你才是鬼呢，鬼鬼祟祟去到我家干什么？”

说实话，山竹子还真怕山娃和毛榉子进到他家里去，山竹子他爸回来了。他爸回来时是晚上，那个时候山竹子都睡了，半夜上厕所的时候看见一个男人在家里，正在抱着他妈妈，山竹子就冲过来，一把拉开那个男人，很气愤。

妈妈见到这种情况赶紧说：“干什么？这是你爸爸。”

“我爸爸，我有爸爸么？我爸什么时候想起回家了？”山竹子还是很气愤。

妈妈说：“你爸想你的，想你了就回家看看你。”

“我不信！三岁以前我有爸爸，三岁到了十三岁，我还有过爸爸吗？”山竹子一边说着一边抹眼泪。

妈妈过来说：“不用哭，你哭他是你爸爸，不哭他也是你爸。反正这个男人就是你爸爸。”

山竹子一边哭着一边说：“我没有爸爸，我没有爸爸，只有妈妈没爸爸。”

哭着走到自己屋里去。

爸爸的样子在山竹子的脑海里已经淡漠了，早先魁梧漂亮的样子，已经过去了。今天看见爸爸了，身材不高，脸色黑黑的，眼睛不大，说话也是不像家乡人的口音。

一夜没睡好，想起天亮以后要和山娃，毛榉子一起去大东山，也是公鸡一叫就起身，起来之后看看正房，爸爸妈妈睡得正香，站在院子里面看看，抬腿走出院子，先帮妈妈喂了虹鳟鱼，然后又喂兔子，兔子就是毛榉子妈妈给的，山竹子一家都喜爱。都把长毛兔子还有虹鳟鱼来当宠物养着，这些宠物是能够卖钱的。然后洗脸和刷牙。

山娃看见山竹子就在河里刷牙漱口忽然觉得自己白活了，人家全都能够利用清清的河水，自己这些年来却是把水挑到家里才用。傻透了。

“那走吧。”山娃说。

毛榉子还有山竹子没说话，毛榉子接过山娃手里的测向机，一边走着一边听着，他想是否能够出现昨天的奇迹。

走了一路都没响，走到山顶时候还是看见好多学生在测向，但是换了测向机，换成了有天线的测向机。

山娃说：“这样就要听你们俩的主意了，我们是继续向着大东山挺进还是就在这里学习这个测向呢？”

毛榉子说：“你说怎么办都成，我们两个听你的。”

山娃说：“要是在这里，我们手里没有他们使的机器，也是没法做实验，要是去了呢，就是丢下这个宝贵的练习了。”

毛榉子说：“不要说废话，去不去的你做决定吧。”

山娃说：“我是这样想，昨天我来过这里，看到这里比赛测向，我还问了梁老师，梁老师教给我们如何用这短80米的测向机。今天再去可能也成，兴许还能见到梁老师，可是我总觉得太麻烦。要是我们手里有了这个样的测向机，我就觉得有底气。”

“行了，你也不用瞎说了，我们就去大东山。”毛榉子说完看看山竹子，山竹子点头。山娃说：“走，去大东山。”

沿途看着学生在比赛，手里拿着一个绿色或者黄色的铁匣子，上面一共六根天线，前面的天线短，后面的天线长，参赛队员手里拿的天线垂直于地面，左右摇摆寻找电台，跑得还挺欢。

山娃看着看着心里就懂了，很想参加这个比赛却是苦于没有测向机。

狠狠心，还是走吧，看看大东山的事情到底是什么。

七八年前老师带山娃他们去过大东山，那个时候老师说大东山的山洞很大很大的，军工企业没了，三线工程下马，过去的神秘工厂如今可以参观，三乡五里大家都来看，都想看看当年的神秘工程到底是个什么样。

山娃还记得，当时他和毛榉子、山竹子一起来的时候，还和他们照过相。现在家里还摆着。那次来，山洞里面已经有电灯，不是全都有电灯，危险地方还是没安装电灯，没有电灯的地方黑咕隆咚百姓也不敢进。

快到中午时，山娃，毛榉子还有山竹子三人到了大东山的大山洞，山娃还记得，大山东的洞口有棵黄桷树。找起来很费劲，找到黄桷树的时候，山娃就感慨。当年小树苗，已经变成参天大树，这才几年时间。小树成了顶梁柱，雄伟壮丽的树冠遮住洞口，遮出大块阴凉的地方。

站在山洞前，想着当年模样，现在已经没有任何标识可以显示当年的样子。还有一件事，最近有个人，来到此地说是重开大山洞，重开临山镇的旅游，大家全摇头。也有些人很愿意，山娃姐姐就办了旅游公司，准备专门接待来到临山旅游的人。姐姐还想在临山镇上开个大饭店，再让姑父开个方子做药膳，也好多赚些钱。山娃当时听见姐姐说的时候根本没有注意听，心里只是想着要让姐姐给买测向机，无意关心这些事。现在想起来，他要支持姐姐，说说这里情况，还要让姐姐兑现她说的要给自己买测向机。

看到这棵黄桷树现在的样子，山娃满脑子的回忆觉得很甜美。

看完山洞，三个孩子觉得很没趣，算是白来了。这个时候忽然看到一个老头走出门口的房子，远远就喊道："嗨，你们干什么？怎么进到院子里来的？"

山娃就说道："没干什么，就是看看，看看当年大山洞。"

"哦，我还真的不相信，还真有人知道这个事儿？"

山娃说："怎么不知道？整整八年了，八年时间我都变成大孩子了。"

"是啊，看来你这孩子还真的来过，说得没有错。你别说，你们站的地方就是当年的山门，很大一个大山洞的门口，能够进出汽车飞机的，看见没？那个高高翘起来的水泥路，就是当年准备飞机飞出山洞上蓝天用的。”

顺着老头手指的方向，还真能依稀见到老头说的那么一段很长的道路，慢慢翘上去，就像航空母舰船头坡度直插上蓝天，只不过是多年没有任何物体在上面走动，已经变得荒草丛生，荆棘遍地，仿佛听得见野鸡叫。这不是，野鸡真的在叫，“咕咕咕咕”。

听着看门老人说得津津有味，山娃他们也不好意思打断他。听完了，毛榉子问道：“老爷爷，几天以前我们站在山上看到这里红红绿绿有人出入，怎么今天没见到？”

“哦，你说的是国家测向集训队吧。他们出去了。”

“出去了！他们都是哪的人，出去干什么？”山竹问。

“哦，全国各地哪里人都有，早上就坐着汽车走了，我也不知道他们干什么去了。”

“等等，老爷爷，您说什么来着？什么是国家测向集训队？”

“就是国家体育局航管中心的无线电测向集训队，每年都在这里集训，准备参加世界无线电测向锦标赛。”

“哎！爷爷，您说什么？国家无线电测向集训队，谁都能参加吗？”

“当然了，只要跑得快，找得好的人都是可以参加的。”老头说着就给他们介绍起来无线电测向来，说得嘴里吐白沫子，喷得周围都是唾沫星。

“那我还想问您一句，要是参加这个集训队，需要什么手续才成，或者要找什么人？”

“这个么？我也不知道，人家是来这里集训的，我是这里看门的，都是刚来的，我还全都不认识，只是知道一个教练姓戚，大家叫他戚指导。”

“哦，知道了，谢谢爷爷，我们走了。”

毛榉子还想玩一会儿，山竹子就看山娃，山娃就说道：“咱们不玩了，上了一趟大东山，多长时间啊！我们还要到临山镇去找我姐姐，让我姐给买测向机。”

既然说到这里了，大家也就没有必要待在这里了，山娃前面走，毛榉子和山竹子后面跟，匆匆忙忙下山去，很快到了临山镇。脚步飞快地进了姐姐家的中华电器商店里。

“姐姐，姐姐，我来了。”山娃声音老远传进来。

听见山娃这样说话，莲莲姐姐都想笑。

“来了就来了吧，有事啊？”姐姐问。

“嗯，有事儿。”

“什么事儿？”

“就是测向机的事。”

“不是给你买了吗？”

“嗯，是买了。可是你给买的不对呀。”

“怎么不对呀？”姐姐问。

“我可记得姐姐当初答应我的时候，可是说了给我买一套，是不是？”山娃咬文嚼字说。

“是啊，不是给你买了一套么？”姐姐接着说。

“有点不对，姐。也可能是咱们两个理解不一样，你说的一套就是单个机器配一个套。我说的一套是所有种类的测向机加在一起算一套，也可以说一系列。明白吗？”山娃双手一摊说。

“那么你想怎么着？”姐姐笑着问。“没想怎么着，就是想让你再给我买，凑够一套我就不再找你了。”

“哦，明白了，你想要的是所有的测向机，一个样子要一个，是不是？”

“是，不过姐姐想多买，我也不拦着。”

“嗯，行。咱们现在就买，你去电脑那边看看，我说你操作。”

“行。”

山娃去到窗户边上去看电脑，听着姐姐让他如何来操作。

照着姐姐说的方法操作，找到叫作拓扑雷的测向机网页，看到一个无线电测向的网站，看到里面真有测向机，价钱不一，样子也是不一样。

山娃仔细看看机器的种类，看他手里这个还是最最便宜的，大部分的测向机价钱都是二百多。原来给我买的才刚八十块钱，我要不说姐姐肯定不给买。心里有些不平衡，看看姐姐认真样，他又觉得冤枉姐姐了，居家过日子，姐姐不是自己亲姐姐，人家凭什么要给你来买东西？

按照姐姐的指令,山娃一步一步操作进入拓普雷的网站里,觉得很受益,家里看不见的东西,这里都有,山娃很眼馋这些测向机,想到假如这些机器全到手了怎么办,是否还要去找梁老师。

这个时候姐姐过来了,接过山娃的手继续做,做到关键时候姐姐问:“你们只有一台测向机是吧。”山娃就说是。

姐姐说:“现在网站里面只有短 2 米和短 80 米,标准 80 米和标准 2 米的测向机要等十天才能赶出来。”

“那可怎么办?”山娃问。

“没有办法,反正我是没有办法。你要是有办法就和我说,姐姐肯定给你买。”

“那好吧,姐姐。那就买那个短 2 米的测向机。”

“没问题。只是我还问一句,据我所知,若是没有信号源,所有的测向机都是没有用处的。”姐姐说。

山娃觉得这是姐姐不给自己买的借口,想了想说:“姐姐,其他你就不用管,你所说的那个信号源的事情我知道,阳光测向你知道吗?我已经参加了,人家梁老师就没说什么,姐你知道么,现在大东山那正在进行测向比赛呢,只要有了测向机,我就可以参加比赛了。”

“是吗?那么好。那行吧,我就给你买上一台 2 米的测向机器,人家还要一个礼拜才能送过来。”姐姐笑一笑。

“啊?”山娃听到这句话,不由自主了一声。

姐姐说:“没事儿,我还听说大东山那的那个大山洞,院子门口挂了大牌子,说是国家无线电测向训练基地,这样的话,你就不用担心能不能用,要用随时到那里,人家不让进我们就在外面听,外面跑,反正买了这个东西还是有用的。”

“是吗?”山娃对着毛榉子和山竹子挤挤眼,很高兴,自己根本没有想到这一点,这个时候山竹子说:“姐,我们也想买一个。”

“还有谁?一块买,人家送货也就不会嫌少了。”

“我。”毛榉子也举手:“姐姐,我们两个等着拿到机器给你钱。”

“不用,你们两个也不用,都是这么多年的老朋友,我还在乎这几个钱么?”

“那就谢谢姐姐了。”两个孩子也是很兴奋。

事情办完了,三个孩子准备回家。出门之后走到江边山娃忽然想起什么重新返回去,站在门口探进脑袋对着姐姐说:“姐,测向机来了,我们就到这里来。你可别忘了。”

“行了,放心吧。赶紧回去,不然你妈又该着急了。”山娃根本没听这句话,早就跑得没影了。

回到疙瘩坞的时候太阳才落山,山竹子爸爸回来的消息,整个村子就全知道了。

其实山竹子爸爸就是前天傍晚到的家,看见山路有人就在山上等,一直到没人时候才进家,当时山竹子妈妈还没进家门,还在后院侍弄虹鳟鱼。山竹子爸爸进门也是没有弄出响动,所有的人都不知道,进门放下手里物品就找吃的,发现家里东西全都藏进冰箱里。环看四周,亲切而且陌生的家,已经焕然一新,就连房子也重新盖过了。山竹子爸爸感到很愧疚,十年成长一棵树,十年造就一代人,十年树木,百年树人,百年时间一代人就烟消云散了。

十年前,结婚之后打工,每年回家一趟,第一年就生了山竹子,那个时候自己父亲母亲还活着,他们帮助照顾这个家,再后来,出了事,一年到头打工,男男女女混在一起,自己也是男人不可能就不食人间烟火,这样也就有了第二春,春天来了自然就会开花结果,那边有了果实也就不能总回家。

妻子在家照顾着父母,外面的家眷也是知道这里还有一个大姐,也就从来不说回老家,如今山竹子都上中学了,自从爸爸妈妈过世之后也就彻底打消回家的念头。

今天回来了,今天回来不是他想惹事情,真正原因是那边那个女人今年带着孩子回了老家,他就借着这个时间回到疙瘩坞。

翻开冰箱找到吃食,狼吞虎咽吃了,也是不敢见乡亲,只想见见山竹子母子待上几天就回去。

山竹子妈妈回来的时候,太阳已经落下山,山竹子是和母亲一块进家门的。进了家门他们就在院里吃饭,自己就在屋里隔着窗户看,看着看着眼睛就落下了泪。

妈妈和山竹子吃完饭,山竹子就去配房睡觉了。

这是妈妈的规矩,早睡早起,早上起来打拳跑步那是山竹子的必修课。为的就是儿子健健康康的,至于自己男人外面做的事,虽然不是十分清楚,心里也是隐隐约约感觉得到的。男人的心思不在这个家。但是她在乎,她还有儿子,儿子就是她最大的希望,虽然从来不说儿子,男人不回家,儿子在妈心中位置就会升到比天大。为了儿子妈妈什么都舍得,儿子就是她的天,儿子就是她的地,她还想让天地永存,儿子就是她的主心骨。

吃完了饭走进屋里她就发现气味不对,男人的气味出现了。

"淑芬!"男人轻轻一声叫,女人精神一震,一切全都释怀了,洗涮之后躺在炕上,男人说了几年的经过,男人跪在炕上痛哭流涕,女人什么都没说,然后就是相拥而卧,一夜到天亮。

之间经过小插曲,儿子看见这里有动静,攥着拳头冲进来,父亲看着儿子眼睛火辣辣地冒金光。

早上起来,想见山竹子,儿子却是帮助妈妈去喂虹鳟鱼后喂兔子,就是不想见爸爸。

走出后门来,站在小沱江的上游,看着清清河水流,看着看着就见眼前一个女人拉着一个孩子向他走来了。

眨眨眼睛仔细看,看到的还是那个样,揉揉眼睛重新看看真是那个四川女人朝着自己走来了。

他站在河边发愣,直到那个女人真的来到身边,这个女人生的孩子叫了一声爸爸,他才醒悟说一声:"你们怎么找到这里了?"

这四川女人带着孩子找来了。

四川女人带的女儿,见到了爸爸马上喊着跑过来,扑到爸爸怀里。

"这——?"山竹子爸爸有些不知所措。

"没事儿的,告诉你,我说回老家,就是想着让你带我回到这个家来看看,看看大姐的辛劳,看看大姐的善良,还想对着大姐深深鞠一躬。"

这时候,山竹子出来了,山竹子看见这一幕,看在眼里疼在心上,扭头回到家里去。

“妈！家里来人了。”

“来人还不让人家进来,你是干吗呢?”妈妈问山竹子,山竹子不好回答接着说:“妈妈您还不知道,家里那个男的带个女的来了。”

“嗯?”山竹子妈妈似乎明白了,没有说话,默默走出后门看着河边那三个人。那边那个女人似乎明白她是谁,蹲下对着女儿轻轻说着什么,然后小孩向着这边走过来,走到山竹妈妈跟前叫一声:“妈妈！妈妈!”

山竹子妈妈流泪了,这个总为别人想的女人今天站在十字路口了,蹲下身,抱起小女孩,走向自己家。

山竹子爸爸看到这个情景拉了一下这边的女人,俩人就从后门走进来。谁都不说话,山竹子就在自己屋子里面往外看,爸爸是他亲爸爸,妈妈是他亲妈妈。那个女人很坏么?山竹子也说不上来,到底哪里出了问题,谁也说不好。

再说山娃家,爸爸整天捣鼓那个《本草纲目》,妈妈虽然没说什么,心里也是不舒服。一个家,几间房子,几头猪,几个鱼池子,还有长毛兔子,加上药材篓子。

晚上山娃回来挺高兴,妈妈看看儿子没说话,山娃自己就到自己屋里做作业。

父子两个互相对着看,父亲东屋,儿子在西屋。东屋摆着药柜子,一匣一匣的药材,那是山娃爸爸开好药方要给病人抓药的。西屋就是山娃的屋子,五岁以后山娃就在这间屋里自己独立睡觉生活。

没有动静大家都安静,爸爸很是安静在他屋里做研究,妈妈也很安静在她屋看着小梅睡觉,然后就给儿子洗衣服。山娃这边不用说,除了学校作业还有父亲的汤头诀。

很安静,能够静到一根银针掉到地上都能听见,或者小桥那边鲤鱼跳桥声音能够听到。

“梅子！梅子！你怎么了?”正屋里,传来山娃母亲急促的叫唤声。

山娃爸爸听见了,放下手里东西打开屋门走向正屋去。山娃这边也停下，站在窗户前面听听，知道爸爸进了正房，想着事情不会很大，也就坐下继续看书。

“梅子，梅子，怎么能够这样呢？”山娃听见妈妈声音不大好，也就放下手里作业去到正屋看看小梅到底怎么了。

正屋里，妈妈抱着小梅，爸爸用心切脉搏，然后放下手，摇摇头，说了一句话：“医生不看自家人，这是千年古话了。我去找人来看看，我可觉得不对，心里明镜似的，事到临头就不知道如何下药了。”山娃爸爸自言自语说着走出院子去。他去找电话，毛榉子家里安了电话，山娃爸爸不知道，他只知道莲莲那里有电话，赶紧到临山镇上打电话。

快到电器店的时候正好碰见莲莲，莲莲叫着姑父说：“姑父可少见，你到镇上来干吗？”

山娃爸爸不好说，家里事情不能告诉莲莲，只好说是找个老朋友，莲莲来又问是谁？莲莲自己怎么不知道？

很无奈，山娃爸爸说了打电话的事。莲莲拉着姑父来到电器店里说：“咱家有电话，还能让您去到外面打去？没有事，您打您的电话，要不您就用手机，用我的，临山镇里的手机信号不好，手机也就有的地方能打通，有的地方也打不通。山娃爸爸用座机打电话。

打到崆峒山，正是念经打坐时，山娃爸爸看看手表还要等一会，就到街上去，买了一些吃食回来，看到莲莲还有伙计都在吃饭，大家看见山娃爸爸进来眼睛全都盯在山娃爸爸吃食上。

一斤炸油条，很随便的东西，大家为什么这么稀奇古怪的表情呢？

“大姑父，没在外面吃饭吧。小刘吃完了，赶快给人腾地方。”小刘已经吃了饭，听到莲莲说话坐到一边去。

电话接通了，是崆峒山那边打回来的，山娃爸爸接过电话问道：“云游老道是否在那里？”

那边一阵窸窸窣窣，有人来接电话，听到那边的人说道：“喂！哪一个，找我什么事？”

山娃爸爸就说有个疑难病症，赶紧回来给看看。

那边老道听出山娃爸爸的声音，赶紧说：“哎哎哎，我就赶紧回来，可是我在平凉,你是知道的,平凉在甘肃,中间隔着宁夏,开着汽车到兰州,也要很长时间才能到。”

“哟,敢情这个里面还有这等事。行了!你就赶紧回来吧,回来有个疑难事情你来给看看,我也学学,就这样。”老道一听这个。不说二话当时装上几个吃食就下山,坐车穿过宁夏赶到兰州坐火车,用了两天时间到了疙瘩坞。

“怎么一回事?”老道进了山娃家。

“没有什么事情,你先给我女儿看看,到底怎么了。”

办事干净利落,老道伸手搭脉,脑袋歪着想一会,换手之后拧着脑袋看着天,对着山娃爸爸说:“你找我来就是为了这个吧?”

“是。”山娃爸爸说。

“是这样,医生不看自家人,这是古训自然有道理。只是到了现在无论如何都要往前闯一闯。”

看着道士,山娃爸爸很心烦,明明知道很凶险,还要强颜欢笑对人生。

“这个吧,药方还是你来开,孰轻孰重我来分清楚,你看怎么样?”老道这样说结论,山娃父亲没说话,提笔开药方,老道看看,就在每个药材种类药品后面写药量,有的加,有的减,加加减减药量就算均衡了。

十一

小梅的病情牵动着山娃的心。

好几天了,山娃想到妹妹就提心吊胆,而且看见妹妹就想哭。小梅叫着他:“哥哥!咱们钓鱼吧。”山娃也就听从妹妹调遣蹲在河边去钓鱼。

心里烦躁鱼就钓不好,鱼漂一动就想提起来。结果就是没有鱼上钩,或者鱼在咬钩不提起来,结果鱼就跑了,甚至连鱼带杆一起跑了。

早上姐姐来拉鱼,一边网鱼一边说着临山镇的事。

“山娃呀,我可听说大东山那边正在训练测向队员,你们不去试试呀?”

“姐姐,我想去呀,毛榉子山竹子都想去,人算不如天算,谁知道呢,怎么家里出现这样的事情。”

“什么事情呀,我可从来没听说。”

“就是小梅的事,我爸还有老道都不说。我是从他们神神秘秘的样子里面猜出来的事。”

“什么事儿?别跟你姐姐绕弯子。”

“我告诉你,姐姐,你可千万别跟舅舅说。”

“是,不跟你舅舅、舅妈说。”

“行!咱们拉钩吧。”俩人拉了钩。

“拉钩上吊一百年不许变。”

“姐姐,小梅得了不治之症了,姐姐你说怎么办?”

“什么不治之症?”姐姐问。

“我不知道,只是听见爸爸还有那个老道说。”

“我知道了。”姐姐说着也是眼泪汪汪的。等姐姐把鱼装上摩托带走了,山娃才去找山竹子和毛榉子三人一起去到大东山去看看测向到底怎么样。

来到山竹子家,山竹子正在后门外面喂着虹鳟鱼。就说道:“哎,你家有人来了是吧?”山娃问这话,是他觉得山竹子家里有人,山竹子才不出家门的。

“没有哇!就是我妈在家呢,不信你就进去吧。”山竹子说。

“我才不进去呢,问你什么时候我们能去大东山。”

“嗨,我也不知道,看看吧,明天问好我妈告诉你。”

就这样,山娃碰了一鼻子灰。没有办法只好回转,却是看见姐姐又回来,敢情半路碰上舅舅、舅妈也就重新返回来。

院里,姐姐正在对着山娃父亲发脾气。

“无论贫穷和富有,孩子才是最大的希望,大姑父就说说吧,到底小梅得了什么病?”姐姐问这话的时候老道迈着四方步,摇晃脑袋不知想什么。

看见这边那么多的人,老道有点胆怯了,慢慢后退想溜走。

“你说怎么办?”山娃爸爸说。

“让我说呀,不用废话赶紧上医院。”莲莲说。

“上医院?要上医院,我能上医院吗?”

“您怎么不能上医院?小梅病了,怎么不能上医院?上医院还丢人了是怎么的?”姐姐说话铿锵有力,山娃爸爸就连招手之功都没有。叹口气,喃喃说:“还有我师兄,他和我的脸面往哪儿放?”

“是你脸面要紧还是小梅命重要?还有那个花门老道,你瞧那德行,摇晃个脑袋,还真以为自己怎么回事儿,狗屁!什么都不是。怎么着?姑父,去医院还是不去医院?”莲莲说完话,看着山娃爸爸好一会儿,接着说:“你不去是吧。那就这样吧,从今天起,你们家的所有农副产品我都不收了,你养虹鳟鱼?爱养不养与我没关系,你家养的长毛兔,你别以为我是不知道,毛婶子家里有几只长毛兔子都要在我那里登记的,毛婶子送你两只别以为我不知道,那是给你面子我不说,还有你家卖药材,我不收了还不行。得,就这样,弄你《本草纲目》修订本去吧。得嘞,走了。"

莲莲说完走向摩托车。

山娃妈妈上前来,拉住山娃爸爸,"你个死人,还不快追去,你要不给小梅治病,有个三长两短我跟你拼命,还有山娃我们娘俩全都回娘家,反正在山里,我们不会饿死的。你就弄你《本草纲目》吧。走!山娃,咱们走,给你妹妹看病去。"

山娃爸爸坐在地上就哭了,哭天喊地说:"老天爷,你很不公平,为了什么让我闺女得了这个病,我会妻离子散的。"坐起来,追上莲莲说:"我全听你的。"

东山后面一辆汽车开出来,山娃妈妈抱女儿上汽车,莲莲告诉汽车司机几句话,汽车开走了。留下莲莲对着山娃说:"山娃,好好看家,好好喂鱼,喂兔子,小梅没有什么大事,你就放心吧。还有就是做作业,我知道你喜欢那个测向,你也可以去。给你问过,机器不用咱们买,除了给你买的那个短 80 米机器,剩下的机器全是集训队给买,明白吗?"

山娃点点头,看着姐姐摩托远去,无名惆怅上心头。

山竹子家里很安静,新来的四川妹子站在山竹子妈妈面前低着头,山竹子爸爸站在一旁像个三岁孩子犯了错误一样,眼角看着山竹子妈。

山竹妈妈坐在床上眼睛看着前面这俩人,也是不知怎么办,局面已经很困惑,四川妹子说:"大姐,都是我的错,刚到广东时候我举目无亲,大哥没少帮助过我。第一年我病了,下着大雨突然摔倒在马路上,就是大哥把我送进医院,交了医疗费,整整三天昏迷不醒,大哥守在我的身边怕我出事,第四天的早上才醒来,算是逃过一劫保住命。事情过后,大哥就走了,我也费了好长时间才找到,吃过一顿饭,也算是谢谢大哥,沿着珠江散步时候我就想着报答大哥却是没有门。"说到这里四川妹子就哭了,眼泪不住往下落,山竹妈妈看着四川妹子掉眼泪,说不上的什么表情,反正不一般。

"大姐不知道,广东是南方,南方夏天经常下大雨,下着大雨我去看大哥，他在那里很苦闷，我想报答大哥也就想着安慰她，到了住处他在给大姐你写信。对了，那个时候不像现在的手机这样多，他在给你写信想念你，我就坐在他的身边看着，感觉到了大哥的温暖，然后发生的事情也不稀奇。后来我就想通了，就想着报答大哥救命之恩。没有别的意思，就想报答大哥救命之恩。大姐您说说，一个女人想报恩，无以回报能用什么来报恩呢？只有把能够做到的做到了，心里也就安生了，坦然了。却是没想到，那天之后我就怀孕了。我就想到老天爷真是开眼了，让我报恩了。后来我找大哥，大哥让我做掉，我不想做，我想生个孩子给他，也算报答救命之恩，结果就这样。对不起，大姐，十年时间我的私心给您添堵了。”说完了，扑通跪在地上磕头一连磕三头，慢慢站起来，往出走。山竹子妈妈眼泪流下来，紧紧咬着嘴唇，闭着眼睛，然后说：“你们走吧，走得越远越好，永远别回来。”

“这——？”山竹子爸爸没有想到竟是这样的结局，也是感到对不起山竹子妈妈，也就跪在地上说：“都是我不好，我混蛋，竟然熬不过去做了糊涂事。我也对不起你，妈妈爸爸也是你给发丧的。”

山竹子还记得，除了爷爷奶奶死的时候爸爸回来过，以后再也没回来。

爸爸接着说：“说了半天你还不知道，她也没说，就是山竹子小的时候就是我妈死的那一年，我去广州城里买东西，回头遭遇车祸，躺在床上半年，就是芸芸的妈妈伺候我，整整三个月，一天活没干，还要吃喝住，还要医药费，全都指望人家，你说让我说着什么？我就盼望山竹子长大了，不要像我一样外面去打工，要在家里守着老婆孩子什么事情就都没有了。”说完了，山竹子妈妈说：“他爸，那就找一天，临山镇上把离婚手续办了吧，人家也是没有对不起你的地方，照顾你这么多年，要对人家好。”

山竹子妈妈说完了，爸爸就跪下。有道是，昔日丈夫，今日丈夫，明日就会各奔东西，永远不再相见了。

“山竹子，给你爸爸磕个头，叫声爸爸，不管今天还是明天，你爸永远都是你爸爸。”

“我不，他不是我爸爸。”

“胡说，就是你爸爸，跪下，给你爸爸跪下，你要不跪我也不要你。”妈妈说话很严厉，山竹子跪下磕个头，叫了一声爸，父子两个抱在一起哭。

父亲说:“好好照顾你妈妈,妈妈是个好人,你要对她好,所有这一切,都是钱给惹的祸,不去打工,不去挣钱,也就没有这事。”轻轻拍拍山竹子的后背,爸爸拉着那个女人就要走。妈妈说:“等一等,山竹子。你过来,抱抱小妹妹,无论如何他是你的妹妹,你要爱护她。”

“妹妹。”山竹子叫妹妹。

“哥哥,怎么你也会哭哇?”新来的妹妹在叫山竹子。

山竹子也哭,大家都哭,山竹子扶着妈妈送人送到大门口,山竹子扬手说再见,爸爸没回头,那个女的倒是一直挥手,直到转过小东山的拐弯处。等到山竹子回到屋里,见到妈妈号啕大哭,却是不说一个字。第二天,妈妈早早梳头洗脸悄悄化过妆,然后对着山竹子说:“好好地看家,我就去趟临山镇买点东西就回来。”

山竹子还在睡觉呢,迷迷糊糊答应完了又睡去。等到醒来时,发现妈妈不在,突然想起妈妈已经去了临山镇,山竹子明白了,妈妈永远失去丈夫了。

山娃家里很安静,爸爸、妈妈抱着妹妹去了临山镇,爸爸站在卫生院的外面,妈妈抱着小梅找医生看病。

“都有什么症状啊?”卫生院的医生问。

“就是咳嗽,发烧没别的。”

“哦,那就先化验,先去缴费,然后去到化验室验血。”医生说话的时候眼皮都没抬一下。

“那好吧。”山娃妈妈说。

莲莲姐姐缴费回来,山娃妈妈抱着小梅去抽血化验。

抽过血,坐下等,功夫不大,化验结果出来了,拿到医生处,医生看看化验结果说:“白细胞多些,正常的,没事儿的。”大夫很平常地说着话,在场所有人都没有看出来。

姐姐就去缴药费,然后拿药,看看药的说明,没有发现什么,就说道:“不是没事么?”山娃妈妈说:“是,按照这里医生说的没问题。一个月前我就抱着小梅看过病,连续发烧一个多月,能够正常么?肯定不正常。”

“哦,是这样啊,那就另当别论了,按照道理说,我姑父的医术应该不会差，既然他都说了不好治，也就证明出了大毛病，姑妈咱这样，还是要去大城市，反正也是出山去，要去就去大城市，去北京，看看天安门，然后去看病。”

“可是你想没想过，孩子毛病我们还没看好，万一查出大病，我可怎么办？”

“什么怎么办？该瞧得瞧，该看得看，总不能不看吧？”

“我是没的说，只是我想回趟家，看看山娃就回来。”

“行，这不是咱家有了汽车么，就让小刘拉着您回去，明天一早去北京。”

“那好吧。”

二人走出医院，姑父还在汽车里坐着，看见莲莲他们过来就问：“到底怎么样？”

“是您说的没错，就是你的心里想的病，没说什么，就是化验，检查，然后开些感冒药。

“你就没和他们说别的？”山娃爸爸说。

“说啦。人家说感冒本身白细胞就高，不是问题，好好养着就成了。”

“哦，那可怎么办？”

山娃爸爸这样说话，莲莲就急了：“我说姑父能不能不这么说，小梅是你的闺女，你怎么不着急？”

“谁说我不急？”山娃爸爸瞪起眼睛说。

“我没看出来，我看出的都是不紧不慢，还在弄那什么破书，你说说，人家李时珍弄了一辈子才弄出《本草纲目》。你一个乡下土医生瞎掺和什么？还有那老道，我看不像正经老道，老道不是那个样子，见着女的眼睛都直了。”山娃姐姐说。

“哎哟歪！姑娘怎么这样说话呀，很不好，这样吧，我家的事情听你的，你和你姑妈说什么我都赞成还不成。”

山娃爸爸听到老婆说了这些真的泄气了。尤其是那句乡土医生的话，一下就把他给打回十八层的地狱去，一切都完了。

“就是说，还想弄你那破书去？”莲莲听完姑父说话接着问。

“没说呀，我也跟着你们去。小梅可是我的亲闺女，不管说什么，就是倾家荡产只要能够治好小梅的病就行。”

“行，有了大姑父的表态，我就跟着做，咱们二话也甭说，先去临山市的医院看看，然后决定怎么办。”

“行，咱家还真出了一个能够做主的。就这样，钱的事情你放心，有多大的力气我就出多少，没有钱，只要你能救小梅命，把我卖了都行。”山娃爸爸表态。莲莲觉得好笑，从来没有见过姑父这样。

“行，我说呢，今天就住临山镇，明天一早我们就去临山市。小刘你去找个旅馆，让我姑父一家住下来。”莲莲说着店里的伙计。

“行，莲莲姐，就去隔壁那家宾馆吧，那里便宜还干净。”

“行。就去那里吧。”

莲莲店里伙计开车去宾馆。

山娃早上喂鱼，喂兔子又给黄狗盆子里面倒上剩饭之后去找毛榉子。毛榉子正在做作业，山娃说：“我想今天就去练习测向，你去吗？”

“我不去，我妈昨天说我不务正业，一个暑假净玩了，还说要玩也要有时有会儿，不能总是玩儿，我就决定今天不去了。今天就是做作业，起码要把十天作业全做好。”

“也好吧。”出了毛榉子家，山娃又上山竹子家，山竹子家的前后门都上了锁，山娃也不知道山竹子哪去了，转身回家去，觉得很无聊，重新找个竹竿，揪上一段白线，在妈妈针线盒里翻出针来，点上一根蜡，针头蜡上烧一烧，用小钳子弯成一个鱼钩，找根鸡毛当鱼漂，挖了蚯蚓就到河边钓鱼。

拿个板凳坐在河边上，抬头看看天，没有太阳已经云彩变黑了，云彩黑了光线也就暗下来。

山娃钓鱼很用心，虽然心情不好，眼睛还是很管事。

一根鸡毛水上漂。可以看到鸡毛往下走时就能拉起鱼线看看有鱼没有，没有鱼就重新装蚯蚓往下抛鱼线，有鱼自然不必说闲话。

不知不觉地，山娃家的药材晾晒场里来了人，一个信号源就放在筛子底下，山娃不知道。

本来呢，每逢遇到下雨的时候鱼儿就会容易上钩，今天确实不寻常，好长时间不见鱼咬钩，山娃觉得有问题，一般这种情况都是有大鱼，黑鱼，因为小鱼都怕黑鱼,或者有嘎鱼。有一回,山娃上山采药回来,路过小溪见到许多成群结队的小鱼逆水往上行,很多,于是光脚下来伸手去抓鱼。有经验的都知道,抓鱼就是两只手要朝着下面往前捂着,碰上鱼儿把它按在泥水里,然后抓住鱼的头,或者手指伸进鱼鳃里。这次却不同,双手捂着鱼的时候还可以,松开手来再捂双手马上松开了,犹如针扎一样疼,捧上一条鱼,颜色黄黑两腮两旁各有一根刺,还有一根刺是朝上长着,可把山娃扎坏了,满手都是血,太可怕了。从此山娃不敢再摸鱼。

放下鱼竿山娃站起来,沿着河边走走,看看到底怎么回事。走了一圈没有发现什么,山娃回来继续坐在小凳上面看着鸡毛的鱼漂,这个时候听见有人来,抬头看,有人过小桥朝这边跑来。

是谁呢?管他是谁山娃还要钓鱼呢。

这个时候鸡毛鱼漂不见了,刚刚回头时候一个白色鸡毛鱼漂也不知道飘到什么地方了。山娃很懊悔,看看小桥那边有了许多的人,也不知道正在看什么。

毛榉子出门来,山娃看着那边人群没有动,这里的鱼漂正在浮动,可能有大鱼,山娃正在聚精会神地看着鱼漂没有时间顾其他。

突然间,鱼漂下沉了,山娃一个用力就把鱼线拉起来。

好大一条嘎鱼,山娃从来没钓上来过。

山娃站起身,不摘鱼钩提着嘎鱼往家走。正好看见毛榉子出家门,山娃没理他,还在为了早上的事生气。毛榉子跟着山娃进了他家,进了山娃家的篱笆门,看见有人拿着测向机,正在山娃家的药材晾晒场里瞎转悠,马上告诉正在摘鱼钩的山娃。山娃一听也马上到偏院来。

山娃来到偏院果然看到有个陌生人,就大喝一声说:“嗨,干啥呢?”听见山娃喊,又见山娃过来,那个学生脚下没看见,摔了一个跟头,那个孩子马上爬起来,起来之后就想跑,被山娃拦住了。山娃拦住他的原因,就是为了知道这人为什么要来这里,来了这里干什么?

人家说:“对不起我们正在进行测向比赛。”

“说什么?进行测向比赛?”山娃说:“测向比赛也不能到我家来比赛呀。你说是不是?”

毛榉子说："甭废话，先把它手里的东西扣下再说。"说完就伸手，那个男生死活不给，山娃说："你不给是吧，好，毛榉子。赶快去把村长叫来，看看到底谁的过错。也好分清楚责任是非，就是告状也是咱们有道理。"山娃侃侃而谈，说话还向毛榉子挤挤眼，毛榉子也不知道山娃到底想干什么，慢慢走向自己家。山娃横在人家面前不让走，毛榉子慢慢腾腾回家去。这个时候有一个人从大柳树下站起来，走到山娃面前说："对不起呀，小同学。"山娃看见这个人，不算和善也不凶，就说道："你算老几呀，嗑瓜子磕出一个臭虫来，你是干什么的呀？"

"哦，自我介绍一下，我是临山三中的老师。现在正在进行无线电测向比赛，我在这里看守电台，小同学，你贵姓？"

本来山娃想说一些不在行的话，想到这是临山三中的老师，而且还看守测向信号源，也就换了口气说："事情是这样，随随便便就把电台藏在我家里，你们知道这是什么性质吗？"

"哦，小同学，你说叫什么？"三中老师说。

"这叫私入民宅，你知道吗？"山娃有些不讲道理。

"那么你看怎么解决呢？"老师接着说。

这个时候毛榉子妈妈过来了，毛榉子妈妈是村长，甭管疙瘩坞的村子多大，反正人家是村长，毛榉子妈妈过来之后首先说给三中老师对不起。然后问山娃："山娃，干什么呢？

山娃斜着眼睛不说话，毛榉子妈妈接着问："山娃，问你话，怎么了？"

山娃还是不说话，横在老师前面就是不让走。

忽然间，毛榉子妈妈指着小桥那边说："山娃，你看那是谁来了？"

就见小桥那边一辆汽车开过来，山娃伸了脖子看究竟，车上下来一个人，山娃妈妈回来了。

山娃好像有了主心骨，提高嗓门说："看见没有，我妈回来了，你们想走，没门！"

山娃妈妈过来问了村长什么事，然后揪着山娃耳朵说："你们快走吧。"

"妈，您这是干吗呀？他们私入民宅，我们有理。怎么啦？"山娃低头歪着脑袋看着妈妈说。

“不怎么。幸亏我是回来一趟,刚走几天你就给我惹乱子,不让我省心,就你这个样子,我还能走么?”妈妈松开手,山娃捂着耳朵听着妈妈说。

这个时候站在旁边的临山三中老师走过来,指着正在围观的比赛学生说:“大家全都散了吧,接着比赛。”

大家眼看着比赛的学生全都跑了。

老师转过身,对着山娃妈妈说:“您好,我是临山三中的老师,刚才就是我把无线电测向的信号源放到您家院子里,这才惹下这么大的事,请你原谅!”老师看着山娃妈妈鞠了一躬说。

“哎呀。老师。可是不能这样子,山娃太淘气。是我没管好,应该我来说道歉。山娃! 赶紧给老师道歉鞠个躬。”妈妈这样说,山娃没办法。只好过来说:“老师。是我不对,耽误你们比赛了,对不起。”

老师一看山娃这样,赶紧说:“没事儿,今天的事情责任真的在我,我是看这里环境简直太好了,风景太漂亮,才决定把信号源藏在这里的,却没想到给您添了不少的麻烦,真是对不住。”

山娃旁边听着忽然觉得自己真的不应该这样做。老师是看信号源的,无线电测向的比赛,自己理当支持呀,怎么会这样?

停了一会山娃说:“老师,对不起,请老师您原谅,我也没有别的意思,听说您是三中老师就想让您给讲讲这个测向如何做,怎么能够更快更好的找信号源。没想却是惹出这么大娄子来,对不起。”

“没事儿,你想学习无线电测向,没问题,我来给你说说怎么做。还有这个送给你,算是今天事情对你的道歉。”三中老师递给山娃一台测向机。

“哎呀,老师您太客气,没事儿,真的没事儿,不过您还等一会,我的两个伙伴也想学,还有我们村子里的学生都想参加测向,好不容易碰见您,我赶紧去把大家全都叫来听您讲。”

山娃说着跑向毛榉子家,毛榉子家门口一棵歪脖柳树上面挂着一个炮弹皮,山娃拿起旁边的小锤子。

“铛铛铛,铛铛铛——!”三下一连敲,一共敲了两个来回停下来,再敲两个来回放下手里小锤子,回到小桥那里等人来。

也就十分钟,从东到西,从南到北全村一共二十三户人家,一共二十六个学生，小学三年级以上的学生都来了。

小桥前面汇了齐，山娃站在桥头说："大家好，今天敲钟意思就是大家盼望已久的无线电测向的老师来了。"

鼓掌。

"现在我们请老师给我们讲课，讲讲测向机的使用。"大家鼓掌。

疙瘩坞的所有能够参加无线电测向的学生都在山娃家门前，认认真真地，专心致志地听着三中老师讲解如何使用测向机，如何寻找信号源。就是要用最短的时间找到信号源，赢得每场无线电测向的比赛。

山娃妈妈安排好了家里的事，又对山娃千叮咛万嘱咐地说好了，大人不在家的时候一定少惹事，喂好鱼，养好兔子，照顾好了大黄狗，然后连夜赶往临山市。

夜黑天，山路弯。司机眼睛睁得大，百公里的路程夜间开车实在太危险，每个小时三十多公里。司机小王看看表，想着要是赶到临山镇，大约还要两个半小时，就说道："婶子，我说句话也不知道您爱听不爱听。"

"你说吧，我听着。"山娃妈妈看着黑咕隆咚车窗外面说。

"您看这样好不好，我们现在速度才刚每个小时三十公里，您也知道山路夜间也是跑不快，等到临山市的时候才十一点。"

"是啊。"

"您看这样好不好，一般医院都是早上八点才看病，我们就在您家住上一晚。休息好了，明天早上我们早些走，早上有精神，而且山路越走越亮越好走，您看怎么样？"

"这个么，不会耽误小梅治病吧？"

"不会。您放心，我的意思平平安安最重要，家庭和睦最重要，家里已经有事情，我们不能再让家里添事情，大家全都好好的，比什么都重要。"

"嗯，你说得对，那就听你的，我们回去吧。"山娃妈妈同意了，司机小刘也就开始在找能够掉头的地方转回去。

继续往前走了一公里，到了一个可以调头的地方，小王调头回去，今天晚上不走了。

就在山娃妈妈走了之后，三中老师对着疙瘩坞的二十几名学生说了测向机的使用方法，并且用今天放在这里的机器当场试验过。每人三分钟，就在已经轮到毛榉子的时候，三中老师手里的对讲机突然说话了。

"喂！喂！赵老师么？"

"是，有话请讲。"

"今天的比赛结束了，可以收台了。"

"好的，我这就收。"

一辆汽车开过来，就在小桥那边等着，等着赵老师上车好回去。

看看大家跑得欢，疙瘩坞的每个孩子都挺兴奋，全都跑得很快活。赵老师也不忍心说结束，一直等着每个学生都试过了才收台。

汽车里，一个五十几岁的人看着这里很高兴，没说一句话，好像发现了狗头金，又像拍卖场外在捡漏，反正就是得了便宜不想外人知道，掩饰不住心里的喜悦。

一直等到山竹子最后一个跑回来，看太阳，已经赶快要落下去，金色阳光一抹红，赵老师就才带着机器回去。

山娃拿着三中老师给的测向机，也很高兴。

回到家里先是把水流速加大冲刷养鱼池子，也让虹鳟鱼们欢乐一会儿，然后又去房子周围弄野菜放在长毛兔子窝里边，自己才开始做晚饭。

切面条，山娃切面条的手艺还是不错的。面里放些水，不能多放，水多面就稀了，只能揪面片。和好面，不用醒面山娃开始擀面条，面很硬，甚至不用加泼面，就能擀面，越擀越薄。甚至有一回，山娃把面擀成纸一样的薄厚，不过面太薄了也就没有咬劲了。

灶膛就在院子里面，不下雨的时候山娃就在院子里面很忙活烧火做饭，要比在厨房里面凉爽些。

红红的火苗舔着灶膛口，红光照在山娃脸上放光芒。一锅水烧开了，山娃取了面条放在锅里，加上一把柴火很快就开锅，抽出灶膛里的柴火，捞出面条放在凉水里。然后摘下两条黄瓜洗好，酱油咸汤一条黄瓜，这碗面条就能吃了。很香很顺口，就在山娃快要吃完饭的时候妈妈回来了。

山娃很是惊奇，接着就说："妈妈您吃饭了么？"

“没吃呢。”

“没吃我给您做去。”三娃三嘴两嘴就把剩下的面条填到嘴里，赶紧去给妈妈擀面条。

“还有司机叔叔。”

“妈我知道，您就踏踏实实地等着吃面吧。”

两碗面条一会儿就做好，盛给妈妈一碗，又给司机盛叔叔一碗，然后又问妈妈够不够？

“这个么？”妈妈看看司机师傅，狼吞虎咽的样子，知道一碗面条绝对不会饱，也就留下心眼看看山娃做什么。

来到院子里，山娃已经下好面条在烧火，妈妈看着儿子端给自己面条妈妈心里也不知道是喜还是优。孩子已经长大了，不用自己也能生存了，饿不死了，妈妈应该高兴才对。

进了门，山娃把面条放在司机师傅面前说：“知道叔叔一碗不够吃，就多做了一碗，加上这碗够不够？”

“够了，真的够了，山娃做的面条真是太好吃了。”

山村很安静，一般的人，平原或者城市人很难习惯乡下，不会习惯在偏远山村过日子。

司机小刘山东人，本来跟着表哥来到这里想在油气田里干事业，去年没想到赶上油气井喷，高高的火焰冲上天，司机吓得不敢再去当石油工人，就在此地找到莲莲姐姐商店当店员。虽说挣得少点，也是不敢高攀多挣钱的工作，敢情挣钱越多，危险就越大，风险指数就越高。

吃完饭后，小刘想去遛遛弯，出门一看到处都是黑咕隆咚，只好回来。躺在蚊帐里，不觉炎热觉得很凉爽。现在是夏天，晚上要盖被子，才能觉得舒服些。不管睡着睡不着的，反正一般的人真是不敢睡，临近半夜不是“咕咕咕咕”，就是“呜呜呜”！那是野鸡叫唤或者野猪在号叫。

等到实在困得不行，小刘也就睡着了，睡着时候正下雨，雨打树叶沙沙作响，像是雨又像风。这样的声音疙瘩坞基本天天都有，但是客人来访的时候都会觉得不可思议，小小疙瘩坞，从来不会干旱，也不会涝，这里一直林茂粮丰。

一觉醒来到天亮，司机备好汽车，等待山娃妈妈出来就走，等了半天也没见出来。山娃出来了，出来之后说："我妈马上就来。"

山娃开始例行工作，喂鱼，喂兔，打扫卫生，药材晾晒地方已经好几天没有药材可晒，妈妈不让山娃肚子进山采药材。

看到妈妈坐车走了，山娃好像解放一样，赶紧去找毛榉子和山竹子。毛榉子没废话，山竹子却是等了一会儿才出来，手里拿个东西，俩人一看，原来是临山三中的老师昨天没有拿走的东西，就是那个测向比赛用的信号源。

山娃说："这回可是不能露怯，看看信号源里有电没有，没有电还是不能用。"

"没有事，我都试过了，昨天我把测向机给拿回去，玩了好长时间，山娃不知道吧？"山娃摇摇头。

"我就知道你忙不过来，昨天晚上你妈也回来了。"

"是，毛榉子真是火眼金睛啊。"看看测向机，看看信号源。红灯闪烁，山娃就说先让毛榉子跑，也好做个榜样，大家看好样子学着做。

山娃一声令下毛榉子撒腿就跑，再看后面，疙瘩坞村一共还有二十一个人，他们都想参加测向比赛，那是山娃忽悠的结果。

再看看，所有的人的手里全都拿着长方形的小盒子，盒子顶端还有一根铁丝当作天线，这是测向机。看到这个架势，山娃很感动，明明知道自己制作的测向机是个摆设。

这个样子山娃知道会有什么结果，看看毛榉子刚跑不远就说："大家一起跑，找到那个机器咱们就回家。"

你想啊，毛榉子在前面跑，只要能够找到唯一的电台，后面所有的人也就全都能够找到了。

等到大家全都回来了，山娃就把毛榉子还有山竹子留下来，到了自家院子里。

"我说你们俩，看到今天练习是个怎么样的想法呀？"毛榉子不说话，毛榉子指着山竹子说，意思让他说，山竹子摆手也不肯说。

山娃说："干吗呢，打哑谜？"

毛榉子这才说:“说不说的你知道,其实就想让我们两个说说你想说的话。不就是这样吗,大家想参加,没有测向机,我这唯一的测向机器还是人家送的,这也不叫事,你们就看看,每人手里拿个砖头似的,上面还有一根铁丝,也够现眼了。”

“是这样,毛榉子说得对,我就说了这样不是办法,还要另外想办法。”

“是,我觉得是。”毛榉子说。

“我也觉得这样好。就是什么时候有结果。你说呢?山娃哥。”山竹子说。

“没事儿的,明天我就想出办法,就是一样我爸我妈全都不在家,要是有人在家帮我看着就好了。”

“没事儿,我和我妈妈说一声,肯定行。”毛榉子说。

“行。那我听你的。”山娃说。

到晚上,山娃前后看看。关好篱笆门。房子后面靠山那面,山崖上面的铁丝网给修了修,钳子拧紧铁丝,防止出现大缝隙。小心翼翼地躲开山崖下面人工挖的壕沟,那是专门防备野猪的。

弄好这一切,山娃回到家里刚要睡觉,毛榉子和他妈妈过来了。

“山娃呀,有事你就说,不要客气,你和毛榉子一班同学,我们又是住在一起的好街坊。家里有事情,我自然能帮助。我问问,就是早上喂鱼,然后喂兔子,还要喂狗,大黄和我也是不陌生,还有什么你就说。”

人家毛家婶子主动过来山娃很感动,都是平常事,山娃不会说什么,说声谢谢,然后说了家里需要做的事。毛家妈妈就说没问题,赶紧睡觉吧。

送走毛榉子一家人,山娃回到屋子里,趁着安静做作业,忽然觉得脑袋有些晕,想着是累了,赶紧上炕睡觉。

山娃是个孩子头,是头就有头的魅力,就要有办法,山娃睡得早,心里有事自然睡得不踏实。

大东山的大山洞。

山娃和疙瘩坞的所有孩子都在这里搞测向,水浅趟着走,水深游着过,上山就是把头低下四肢一起使劲,很快到了山顶。下山就是双腿朝下坐在山坡上面往下滑，要过山涧看看有无藤子树，双手拉住藤条，紧跑几步一悠飞过去。

山娃得了第一，心里糊里糊涂的；山娃得了第一，胸前戴红花，脑袋上面戴着博士帽。还有红红的票子，那是人民币。然后就是红红的人民币从天降，砸在他的头上竟然不觉得疼。

突然间，哐哨一声，山娃醒了，躺在床上听了半天什么都没有。他坐起来，蹑手蹑脚到了窗户那里看究竟。

天上没月亮，院子里面黑黑的，到处都是寂静。一头猪在院子里面悄悄晃荡，一头猪，就是一头猪，慢慢吃狗食，黄狗跑到一边去，一声不吭趴在什么地方偷偷看风景。

山娃忽然想到这是一头野猪，一头野猪进到院子来，黄狗叫唤两声赶紧找个安全地方躲起来。野猪到处转悠着，围着箱子转一圈，然后钻进箱子里面去吃食。就在野猪钻进箱子一瞬间，轻轻一声响，一块铁板掉下来，箱子的门被放下。野猪不知道，吃完笼子里的吃食之后，转悠半天出不来，或许想到走路走错了，或许想到笼子太小盛不下，绝对没有想到自己上当了。

山娃睡不好觉，看见铁笼子里进了野猪，没敢出去，一直等到大天亮。

这个时候山娃妈妈已经在宾馆，想起白天医院情景，妈妈有些惆怅和失望，山娃爸爸在读书，读他那本永远不离手的《本草纲目》。

中午时到了临山市立医院，莲莲去挂号，挂号地方关着门，拉着窗帘没人看得见，问问门口的，人家就说要到下午才能看病的。没办法，只好先去吃饭，等着下午看。

坐在饭馆里，山娃妈妈抱着孩子，爸爸坐在一边，莲莲去买饭，柜台服务人员拿来菜谱，莲莲看了交给姑父，山娃爸爸仔细看，也没看出所以然，只说一句话："大部分全是荤的，荤的我不吃。"

妈妈听了就对男人翻白眼，山娃爸爸又说："本来我就不吃嘛，你翻什么白眼睛？"莲莲也生气，让你点菜就点菜，你不吃荤别人还不吃？索性自己拿过来，点了好几个菜，东坡肘子、鱼香肉丝、炖猪肉，加上一个油焖大虾没有一个是素菜。抬眼看看大姑父，还在看那《本草纲目》，想起刚才点菜就想笑,等着菜上来,第一个是东坡肘子,山娃爸爸抬头看看没有动筷子,然后是炖猪肉,还是没下筷子,第三个才上来,油焖大虾,按照道理来说,油焖大虾不算荤菜,山娃爸爸还是不吃,等到最后一个菜上来,鱼香肉丝,山娃爸爸的眼睛一直没有离开那本书。

吃完了,菜剩了,山娃爸爸问话:“还有什么没上来?”莲莲说:“姑父您没记错吧,我是看着您是吃完饭了,没有等我们。”

“是吗?我都吃完饭了,我怎么不知道?”

“就是嘛,您是怎么不知道呢?反正您是吃完饭了,我是亲眼看见的。”

“是吗?”山娃爸爸就问山娃妈妈是否自己吃过饭?山娃妈妈说:“我也记得你是吃过了。”

“你说邪门不邪门,我就没有感到肚子饱。”山娃爸爸很是正经八百地说道:“那我吃了什么了?”

莲莲说:“我记得您是吃了炖油豆腐,炒白菜。我还记得喝过牛奶吃过面包呢。”既然莲莲都说自己吃了,自己肯定是吃了,山娃爸爸不再说话,继续看那《本草纲目》不抬头。

“大姑父,您去排队吧。”

“排队?排什么队?”山娃爸爸抬起头。

“要去排队挂号啊。”

“哦,对,排队挂号去。”山娃爸爸站起身,去到挂号窗口排队挂号。

两点准时挂号,排队第一号,挂号挂了第四,山娃爸爸就生气了,怎么我排第一却挂第四号?刚要去问,莲莲拦住说:“行了,大姑父,你没看见挂号窗口有六个,还没给你挂六号呢,不错啦。”

挂了号,就到诊室去看病,人家护士叫他等一会。一会儿之后人家叫了第四号,山娃妈妈抱着女儿进了诊室,医生问了感冒发烧之类的问题。

大夫开单子,单子上面要求要去化验血。

莲莲赶快缴费领着小梅去抽血。护士问了病人吃饭没吃饭?莲莲就说吃饭了。护士就说,吃饭不行,明天一早来,不能吃饭空着肚子来抽血。

“那好吧。”

一家人,只好先找旅馆住下等着明天早上再来抽血化验了。

几个人,找了宾馆先住下,等着明天早上再来医院做检查。

这边临山医院爸爸妈妈带着小梅在看病。

家里的山娃带着毛榉子和山竹子正在做着另外一件事。

十二

过了小东山，就是大东山，大东山有大山洞。

体委早在几年前就占了这个地方作为无线电测向的培训基地，只是一直没有整理好，今年终于可以运行了。这个地方比较偏，适合培训运动员。今年全国各地测向高手就要来到此地培训，准备参加世界锦标赛。

无线电测向基本是这样，每年都有比赛，每年比赛时间基本都是七月底，八月初开始，利用暑假学生放假的时候，大约半个月的时间比赛完。国际比赛有隔年一次的世界锦标赛，然后就是亚洲锦标赛。

戚辉煌就是国家测向队的教练兼领队，大家叫他戚指导。

那天晚上收电台，戚辉煌到过疙瘩坞，见过山娃他们，觉得山娃他们很有测向的前途。此外戚指导很喜欢山娃他们家的地方，山水清秀，空气新鲜，人情风物也亲切。很想上那再去一趟，办个测向比赛看看山娃他们到底怎么样。

一间办公室，里面工作人员正在聚精会神看电脑，有人递过材料交给戚指导。

"李子豪，四川人，男，身高一米七，连续三年获得四川省标准 80 米和标准 2 米冠军和全能冠军。"

"是吗，好好看看资料，吆喝！相片还蛮精神，甄老师，明天你到车站拿着相片去接人。”戚指导把相片交给甄老师。

“董冬冬，女，北京人，在去年全国无线电测向比赛中，得过短2米冠军，并且连续取得北京市长短80米和长短2米冠军，是个传奇人物，材料上面介绍有一年，董冬冬得了6个第二，没得一个冠军，过了一年她就得了所有6个标准项目的冠军，你说神奇不神奇。这是相片，您看看。”戚指导就把董冬冬的材料递给甄老师。同时自己手里还有一份，仔细看着上各省市的队员简介，分析运动员。

“还有啊，这些事迹有点像你呀。”戚指导一边看材料，一边说着甄老师。

甄老师笑了笑，想起自己的事情，觉得戚指导说得还真有点像，董冬冬像他的地方就是那年他也得过6个标准项目的冠军。

“对，哦，我还记得你是孤儿是吧？”戚指导问甄老师。

“是，小的时候我就不想听到孤儿这个词，现在大了倒无所谓了。”甄老师笑着说。

“那我再问你个事儿，你的生身父母找到了么？”

“哦，您问这个呀？其实我早就知道他们是谁，在哪里。小的时候想找他们的愿望挺强烈，现在大了也就无所谓了，养父母对我挺好的，现在也是和我养父母在一起。至于生身父母认不认也没意思，他们各自有家庭，要是认了或许他们各自家庭就会有事情，索性也就不认了，知道就行了。”

“我还听说你小的时候学习不好，参加学校测向活动之后，学习成绩突飞猛进？”

“是，戚指导，您怎么了解这么清楚呀？还真是，没搞测向的时候，觉得生活没意思，参加学校测向队后，觉得有点意思了，原来成绩不好家长会上总是挨批评，后来搞了测向得了奖了，学校就会表扬我。每个人都想听表扬，尤其学生时代更是如此，心情舒畅了，学习也就好起来，要不然我也考不上大学的。”

“哦，看来参加无线电测向还能提高学习成绩是吧？”

“是，我是深有体会的。”甄志祥老师如此说。

“现在呢？”戚指导接着问。

“现在我也搞测向。”

“对了，问你一句，你在哪个学校来着？”

“我在北京秀峰中学。我的事情大家都知道，现在我们那里校长、副校长、主任、团委书记，每个周六都带领学生去做测向的训练。我觉得挺好的。”

“哦！是吗？体委正要找这样的学校呢，你们学校校长、副校长、主任、书记全都跟着搞测向，我还第一回听说，看来今年先进单位会有你们的。哦，对了，那边那个人是体育报记者，一会儿我和他说一声，采访采访你。”

“不要吧，我们也没做什么。”

“不行，一定要，我也不是为了你，主要是为了无线电测向运动的发展，你们起了表率作用，应该宣传的。”

“得，戚指导，净顾了聊天了，我得赶紧准备上车站接人了。”

正说着，门卫进来说：“戚指导，大门外来了一帮中学生，他们想进来，你看怎么办？”

戚指导问：“中学生？哪儿的中学生？”

“不知道，他们也没说。”

“走，看看去。”戚指导扔下手里的事儿出门去。他在想着既然是中学生，也就离着这里不会远，当地学生要进来，不能不让进，和当地搞好关系，关乎测向基地今后的发展。

跟着门卫走到大门口，戚指导一眼看到山娃站在队伍前面，趴着铁门往里看。紧走几步过来说：“快，快开门！这个应该是山娃，欢迎欢迎啊。”

山娃没有想到戚指导这样欢迎自己和伙伴，进门拉住戚指导的手。

“戚指导，我也认识您，我们是找梁老师来了。”

“哦，你找梁老师，找他有事吗？”

这个时候大门打开了，山娃他们高兴地进大院。先是跟在戚指导的后面走，抬头看着戚指导，觉得这样不好，没有办法说话了，也就紧走几步和戚指导并排走。

“前几天我就来过这里，那个时候这里没有人，就是这个爷爷开的大门，怎么今天不让进了呢？”山娃说。

“你们来到这里干什么?”戚指导问。

“没有什么,就想看看当年的大山洞。”戚指导在前面走,觉得这个孩子挺聪明。进了宣传室,戚指导叫学生先在这里参观一下,自己处理一些棘手的问题。山娃应一声,招呼大家观看奖杯和奖旗,摆在宣传部门口有两个巨大的百宝阁。山娃观看百宝阁,大大小小四十多个奖杯,还有墙上挂着的奖旗上面写着字。山娃仔细看了看,上面刻着名字,仔细观看姓名竟是戚指导,一共有八个,就是得过八次世界冠军,三娃他们都是眼睛睁得挺大,不由自主地吐舌头。

“行了,我给你们请示了,主任允许你们参加训练,但是能否参加世界比赛,要看你们能否胜任这个比赛了。”戚指导回来之后说。

“嗷!”疙瘩坞的学生很高兴,都在看山娃,意思就是山娃的决定简直太厉害了,想了一夜早上说了要到这里来,先看这个戚指导怎么说,而且肯定能让大家练习测向,简直就是神人一个。

“还有,山娃听好了,真正测向训练要在三天以后呢,现在的任务就是车站接人,一天三顿饭。”

山娃说:“戚指导,管我们饭么?”

“当然管饭了。谁不管饭我可是不干,而且晚上还能住在这里,一早起来就训练。”

“嗷!”孩子们又是一欢呼。

山娃说:“等会儿吧,我问问,有谁想在这里住?”

没人举手。

山娃又问道:“有谁愿意每天都跑十里路到这里训练?”

还是没有人举手。

山娃说:“那你们是想怎么着? 反正我是不能住,我家的事大家都知道。你们愿意住就住,不用和我一样的。”

“那我们就住吧。”

“那好,我的意见是,三天以后才训练,你们今天回去和家里面说一声,三天再来,家里也就不会着急了。”山娃说着话,戚指导在旁边听着很满意。这个时候甄老师过来,对着戚指导的耳边说几句,戚指导就到屋里去。

主任说:“老戚,你说要让他们都留下,咱们没有这份开销啊。”

“哦,主任,您可要明白,咱们可是在人家一亩三分地上,你还觉得我的事情处理得不好吗?”

“嗨,真是的,老戚真是老奸巨猾呀,和地方搞好关系,也是我们条例里面写着的,你瞧我这脑袋,行,就照你的意见办,我没事了。”

十三

临山市立医院的化验报告出来了。山娃爸爸看不懂,拿给莲莲看,莲莲也是看不懂,就和姑妈一起看医生。医生看着化验报告说:“总的说来不乐观,应该就是白血病,是去北京或者上海再查一下呢,还是在这儿治?”

“怎么讲?”莲莲问。

“要是在这儿看,您就准备十万块钱,也不一定看得好,要是不在这里治病,您可以去上海或者北京重新检查一遍,就在那里治,你看怎么办?一般情况这种病是治不好的,到头来是钱花了,人也没有了。”

“说什么哪?你说的这个是人话吗?小心我揍你。”莲莲心里急,说话也就不客气。

“不是,我说的是实际情况,听不听的那是你们的事情。”医生站起来说。

“你再说一个?”莲莲上前一步,吓得医生赶紧往后退。一不小心碰到墙角的垃圾桶,自己绊了一个跟头,垃圾撒了一地,乱七八糟什么东西全都有,弄了医生一裤子。

医生站起身来拍拍手,弹弹裤子说:“我不跟你计较,我还说一句,这个病最好方法就是骨髓移植,成功概率大。”

“好了,我们知道了。谢谢医生。”山娃妈妈说。

三人出了医院门,走上大街。山娃爸爸说:“我到现在才知道,医学多么发达多么的重要，不是我在山沟里面拔些草来给人喝了就算治病了。”

“哎，不对呀，大姑父，您可不能说这话，您是六代老中医，到您这辈儿怎么也得传下去呀。”莲莲说。

“惭愧呀，说实话，按照公平理论讲，中医自有中医治病的理论，西医有西医道理，但是有了小梅这个病，我到现在是中医西医都不信，能把我闺女的病看好，我就信谁的。我就觉得脉象没有这个医生说的坏，但也没有我的估计好，到了现在我还是说不出来到底怎么一回事。”山娃爸爸说话当中显出无奈和迷茫。

真是这样的，如果有人得了癔症，一根银针可以治愈，从头顶扎到尾椎骨山娃爸爸有把握，要给其他人治病，他也敢给人开方子下药治病的，换成自己闺女了，心理障碍来了，要用这个药，这个有毒，明明知道以毒攻毒，心里想的就是要是这毒了闺女怎么办？有句话，不识庐山真面目，只缘身在此山中。这个道理自己也明白，只是女儿这里自己真的六神无主没有一点办法，这个时候山娃妈妈还有莲莲成了他的主心骨。

“咱们上北京，那是祖国首都，那里还有北京天安门，小梅从小就唱这首歌，也想看看天安门。”莲莲姐姐说。

“行，咱们就上北京天安门，哦，我想起来了，咱们还是先回家，莲莲也要安排安排，我们也是安排好了走。最重要的就是人家毛榉子他爸在北京，听他妈妈说，毛榉子他爸在北京海淀盖大楼，我们谁都没有去过北京，天安门是朝南朝北还是朝东朝西，我都不知道，先让毛榉子爸爸打听好了医院再去北京你说好不好？”山娃妈妈这样说。

莲莲见到姑妈这样说，也就顺水推舟了，山娃爸爸没有主意，此时此地只有听从山娃妈妈的。

汽车往回开，大家坐在车上谁都不说话。平日可以观山景，现在大家都是沉默不语没心思。

山娃他们一伙孩子准备很充分。每天早上六点走，穿过小东山，要到大东山那里练习无线电测向去。

站在小东山顶上看着大东山，大家都是无比激动，你想啊，人家北京来的戚指导，多么大的人物，能够来给我们上课，多么大的面子，多么了不起。学着电影里的样子，每逢战斗大家都要表决心，山娃撕了一把纸条要大家表决心。看着纸条上面的字，不但山娃很激动，大家也都很激动。

三天时间，山娃挑了很多的野菜留给兔子吃，虹鳟鱼的饲料还有很多，目前也不着急，作业做了五天的，等到不训练时，再做一些估计也就差不多做完了。

正当准备就绪时，爸爸妈妈回来了。

爸爸妈妈还有小梅到家的时候，山娃正在家里捣鼓一个小电机，这是山竹子给他的。山竹子爸爸从广东回来时给山竹子带来许多好东西，有飞机，有汽车，还有一个遥控坦克，山竹子觉得全都很好玩，等到爸爸走了，山竹子觉得他和山娃、毛榉子都是好朋友，就送了一个汽车给毛榉子，还送一个坦克给山娃，却是不给山娃拿去，要让山娃自己来拿走。山娃来到山竹子家的时候婶子也在家，山竹子就把所有玩具摆开了，飞机、坦克、魔方、钓鱼游戏，还有一个会说话的大娃娃。山竹子说："这个娃娃给小梅，除了飞机，山娃你就随便挑。山娃看看东西，要了一个很小很小的小坦克，又拿一个小的电机。山竹子很痛快地答应了。小坦克，山娃就想先玩几天之后改个什么东西或者机器人，至于那个小电机，山娃看了山竹子那个飞机就想把这个小电机改成小飞机，还想坦克坏了电机不会坏，还有坦克上面的那个旋转炮塔很好玩，也许能当作直升飞机螺旋桨什么的，只是现在没想好。

手里拿着小电机，还有坦克，怀里抱着大娃娃回了家，山娃用竹丝编制了一个飞机的翅膀。当然了，专业叫机翼。他想先用竹丝机翼，然后就是飞机身子，最后才是飞机尾翼，前面装上螺旋桨，坦克遥控部分当作飞机遥控不知行不行。反正不管行不行，都要试一试。

山外天气热，疙瘩坞的天气并不热，山娃在他屋里编制飞机翅膀，外面传来妹妹的声音。山娃一惊，放下手里的活跑出去，妹妹刚刚进院门，山娃把妹妹抱得紧紧的，生怕失去妹妹。

"哥哥，你都把我抱疼了。"

山娃放下妹妹说："告诉哥哥，你还感冒吗？"

"感冒还没好。人家就说我是老感冒。"妹妹天真可爱，山娃心里五味杂陈。

“那就跟着妈妈去看病，把病看好了，过了暑假我们上学去。”

“是，哥哥，我就爱上学，我们都学一百加上一百了。”听了妹妹说的话，山娃心里好难受。爸爸妈妈进来了，莲莲姐姐也来了。爸爸说：“山娃做饭，你妈还要去找毛榉子妈妈去。”

“哎，我就做，做米饭，然后做个拍黄瓜，还有西红柿，加上昨天钓的两条鱼，姐姐也会喜欢吃。”

说话间，山娃把米淘干净，十五分钟一锅米饭就好了。接着拍了黄瓜放上盐，又是盐腌西红柿，最后是做鱼，先在河边收拾好了鱼，洗净了，放进锅里再放上作料，烧火开锅，连前带后三十分钟饭菜全好了。

姐姐说：“好家伙，山娃真是了不起，这么快的时间就把饭做好了，我可比不上。”

这个时候妈妈那边也和毛榉子妈妈还有山竹子妈妈说好了，托付她们照顾山娃。

第二天，很早大家就走了，到了临山镇的时候妈妈去银行取钱，交给莲莲一共十万块，这都是山娃父母几年时间采药行医攒下的。

莲莲拿到钱，先到临山镇上工商银行办了卡，把钱存进去，这样简便易行，就不必担惊受怕地出行了。

汽车沿着小沱江边的公路开，开到大江边的时候，走上一条公路一直到了码头，买了夜航的船票，早上可以直接坐火车上北京。

大东山，早上六点吹了起床号，“哒哒滴答，滴答哒哒！”

大小东山方圆十里的人全都听得见这个起床号，一年一度无线电测向训练正式开始了。

六点半开始跑步，训练基地开始有了一二三四的声音，跑步半个小时之后就是洗漱时间。七点开始吃早饭，等到七点四十开始准备测试，就是在测向训练中看看谁的成绩好，训练之后选拔优秀的参加世界锦标赛。

全国各地三十多位同学昨天已经全部到齐了。

今天第一天，戚指导站在队伍前面说：“大家好，我代表国家测向队，代表航管中心问候大家，大家辛苦了！从今天开始。我们就在一起训练一个月，一个月的时间不算长，但是大家都是全国各地的精英，大家的训练就是集中在一起互相切磋测向的技艺。另外我也想看看大家都是如何找信号源的，现在我们就开始。大家看，前面就是比赛场地，中间有信号源。我就想看看，谁的速度快，最快速度找到信号源返回来。”大家看看前面，根本没有路，全是荆棘酸枣刺，蒿草一人多高，完全是一片荒地。

“现在，你们看着我找信号源。搞测向的人都知道，信号源也叫电台，平常我们比赛和训练找信号源，就叫找电台。对不对？”

大家都说对。

“好，现在我先找，然后你们按照我的样子找。测试一下到底哪个队员找得又快又准，回来得早。”说完话，戚指导身先士卒，手里拿着测向机开始找起电台来。

大家站成一排，看着戚指导。倒计时打点开始运行，嘟—嘟—嘟—嘟—哒！最后一声响，戚指导跑出去，旁边助手给计时。大家向前看，只见蒿草荆棘，不见戚教练身影在哪里。就在大家猜测的时候，戚指导回来了！指卡打终点、然后打主站，记录仪器吐出成绩单，共计八分三十一秒五！够快的，反正无论谁，跑出这个时间都是不容易。

“第一个，董冬冬，你来跑。”戚教练叫了董冬冬，虽说还是刚才的动作，看起来却是不一样的风格和速度。倒计时的声音响过后，董冬冬就像箭一样冲出去，眨眼之间便了无踪影，一圈跑回来，竟然要比教练快十秒。

就在训练积极进行的时候，一队人马进了集训队的大院子，山娃带着后面二十几个学生来到国家集训队进行无线电测向训练来了。

戚指导看到山娃他们来了很高兴地招呼他：“山娃来得正好，来来来，赶紧来拿指卡，在这里写上大家的名字，准备参加训练。”听到戚教练的招呼顿时感到很温暖，心情也很轻松。山娃招呼大家写上自己的名字，同时每个人都领了指卡。

“听好了，今天练的长 80 米，既然说是长 80，也就说明距离远，但是最远不会超过五公里，现在要做的，就是前面有个电台需要大家找，这个台是一号台，声音给你们听一听，然后确定方向，看看你们有谁能够很快找回来，明白么？”戚指导看到大家听得挺专心，最后又强调了一声：“刚才我说了半天，你们都听明白了吗？”

“明白了。”山娃一伙孩子齐声回答。

“还有，”戚指导接着说：“长 80 米，也叫标准 80 米，一共六个台，其中一个终点台，整个比赛都在响，其余五个每个电台响一分钟，一个轮回五分钟，也就是说，一号台响一分钟就不响了，接着是二号台响起来，二号电台也响一分钟，然后三号台响……等到五号台响一分钟之后，一号台重新响，明白了吗？”

“明白了。”

“那好，每人领一台测向机，然后分到各个组里，每隔五分钟放一批人开始找，还有一点要注意，就是寻找电台的时候，大家不要交头接耳，不能互相传递信息，互通电台在哪里，听见没有？”

“听见了！”声音很高也很响，大家高兴的情绪溢于言表。

“大家跟我来吧。”董冬冬带着大家去到库房领测向机。

库房里，董冬冬手里拿着机器告诉大家如何用，山娃他们谁都没有认真听，他们看着董冬冬手里的测向机，生怕自己领到的那个不好用。

其实都一样，只是灵敏度的差异，掌握测向机的人，不用听电台的声音，根据平时规律就能知道电台大概在哪里。

快手的“快”就在于，根据历次比赛的经验，还没比赛就知道你大概要把电台藏到什么地方去。

轮到山娃开始找，手持测向机开腿就跑，根本就不停，他早算好了，附近根本没有电台，一定在远方，你想，既然只有一个电台，那就肯定在最远，要是近了，大家全都在近处找，没人再往远处跑。

如同兔子一样穿行在灌木蒿草酸枣树丛中，回来的时候山娃的衣服全都破了。再看专业队，人家可是一点没受伤。衣服好好的，鞋子好好的。手上戴手套，头上戴着一种山娃没有见过的帽子，帽子能够挡荆棘，帽檐上面一副眼镜任何东西不会扎眼睛。那个全副武装的劲头，馋得山娃他们全都咂么嘴。山竹子两只眼睛都直了，毛榉子在他眼前一晃，正巧山竹子嘴里的哈喇子全都流到毛榉子手上了。

山娃说："戚老师，你看他们全是红红绿绿的衣服，跑了一圈竟然没撕一个口子您说这是怎么一回事？"

戚教练看了看，忽然一拍脑袋说："真是的！全都怨我，净顾忙了，没有想到这一点。不碍事，我现在就给你写条子。"说着话，戚指导摘下口袋里插着的圆珠笔，有人递过一张 A4 纸。戚指导上面写了"见到字纸请董冬冬给山娃拿二十一套测向服装"，最后签了自己的名字。

山娃拿到纸条很高兴，赶紧找到董冬冬说："冬冬姐，戚教练给我写了纸条了，你看看。"

董冬冬接过纸条看了看，说："行，跟我去拿服装吧。"

山娃跟着董冬冬走向仓库。

"哎，你叫山娃对吧？"董冬冬问话。

"是，小名叫山娃。"

"哦，大名呢？"

"我的大名叫姚远，现在上初中二年级，暑假开学我就上三年级了，冬冬姐，你还想知道什么？"

冬冬接着说："我不想知道什么，可你知道你们要的这些服装一套多少钱么？"

"不知道。不过我在临山镇上看过花花绿绿的衣服，一套也就五六十块钱。"山娃说。

"那够便宜的，可那是你们临山镇，告诉你，这一套衣服就是四千五百块。"

"啊！那么贵！冬冬姐。不都是花花绿绿的吗，怎么这么贵？"山娃问。

"你问为什么呀？据说这些衣服都是纳米的。这些衣服既保暖，还透气，还有就是假如衣服脏了，你在水里涮一涮，衣服不沾水，赃物能够涮下去，拿起来就能穿。再有你也看见了，不怕荆棘挂，荆棘丛里钻过，如同走在平地一个样。"

山娃听了董冬冬的介绍直咋舌："哎呀，妈呀！怨不得这么贵呢。"简直不敢相信自己的耳朵。愣了一会儿说："冬冬姐，我先不领了。"说完了，走出去，回到自己同伴中。

集训基地大院里，山娃带来的一帮人，很急切地等着山娃领衣服回来，好不容看见山娃了，都以为要让大家去试穿，山娃说："告诉大家一个好消息，戚教练已经答应给我们每人一套衣服了。"山娃说完大家就鼓掌。山娃接着说："只是我又临时决定不要了。"

"为什么？人家都有，为什么我们没有呢？"有人提出来。

"我嫌太贵了，你们知道他们身上的衣服是多少钱一套么？"

大家摇摇头，有人说："就是街上卖的尼龙布，没有多少钱吧。"

"说了你们吓一跳，四千五百块钱一套，你们想一想，四千五百块钱一套啊！简直太贵了。"

"啊！那么贵呀，那个戚指导是瞎说的吧？"

"没有，不是戚教练说的，是冬冬姐刚才对我说的，我就临时决定不领了。"

山娃这样说，大家也就全都低头沉默不语，山娃觉得很尴尬，也不知道说什么。毛榉子说："刚才山娃说了衣服，我就觉得做得对，你想啊，一身衣服就是那么多钱，人家可是国家运动员，我们就是来练习的，是玩的，确实不该要。"大家都支持。戚教练在旁边看着，真是感动，就对冬冬招手，冬冬跑过来，戚教练让董冬冬去拿衣服。

冬冬跑去仓库拿衣服。

冬冬抱来一摞衣服放下，戚教练上前："同学们，大家很辛苦，也让你们受委屈了。都是我的疏忽导致大家第一轮就没穿训练服，也就招致有人脸上划伤，还有的人衣服裤子全都刮了大口子。现在呢，我道歉，我再说明一点，这个衣服不是一般的衣服，这是纳米的。"

"老师，什么叫作纳米的？"

"嗨！你们让我说呀，我也不知道，简单说呢就是这个意思。我们这种衣服第一它透气，第二它还不透水，还能当风衣，你们看神奇吧？"

"老师您再说说为什么这么神奇呀？"

"这个么，我让董冬冬替我说吧，冬冬，你来替我说。"

冬冬没说话，走上前面手里拿着衣服说："戚老师都说了，我就不再重复了,现在要说的,就是专业的事情了,这个纳米服装呢,制作的时候是要让空气分子透过来,这是要透气,另外呢,就是不让水的分子透过来,这是防水。第三个功能就是它柔软而且很耐磨。剩下的我就不说了,你们试试看,有了什么新的想法告诉戚教练,告诉我也行。”

山娃上前说:“本来我跟他们说疙瘩坞的学生不领这个测向训练服装了,有人问为什么?我说因为我们不是国家队的运动员,我们不该用这么好的服装来训练。戚指导说让我要,既然这样我就表个态,我们只要一件上衣就行了。一件上衣,只要身上不挂,脸上不扎就够了。疙瘩坞的同学们,你们说,好不好?”

“好!”大家一起说。

“那就听山娃的,董冬冬,每人发一件上衣吧。”戚指导说给疙瘩坞的同学听:“还有,刚才山娃的话,让我很感动,我代表训练基地,代表体委感谢你们,感谢大家,我给大家鞠个躬。”说完话,戚指导还真的鞠了一个躬。

就在山娃带着一帮孩子在大东山的测向基地训练测向的时候,妈妈已经到了大江边上,爸爸排队买船票,售票窗口人挺多,山娃爸爸冒着骄阳汗流浃背的,人家戴着草帽他也不戴,生怕损坏自己白净面容的形象。现在不是节假日,也不是春运或者国庆长假,火车轮船票不是很难买,再者说,山娃爸爸妈妈要的就是筒仓票。山娃爸爸排到之后说到武汉,交了钱,人家把船票给扔出来。山娃妈妈抱着小梅下到码头来,找个阴凉的地方坐下来,先找了个卖小吃的地方买了包子,莲莲又去买了矿泉水,大家坐在地上吃着包子喝着水,看着大江之上来来往往的船只很兴奋,小梅也挺开心。看着小妹开心妈妈也就开心,爸爸也开心。要等到两点才上船,山娃爸爸又掏出那本《本草纲目》看起来,看了几眼,就看大江,大江之上千帆过。江边就是茅草和翠竹,山娃爸爸看着大江看着茅草,看着茅草边上的植物。忽然间一根茅草引起山娃爸爸的注意,一根红草同样引起他的注意,山娃爸爸盯着看半天,起身拔了草回到原地把它装进一个塑料袋里,找本书来夹着。真是要比照顾小梅还用心。妈妈在旁边想:还不如不让他来呢,研究一件事,做出一件事情不是那么容易的。悄声对着莲莲说,莲莲笑一笑对着姑妈说:“还是要让姑父来，不然所有的人都会说闲话。”

“为什么？”山娃妈妈问。

“不为什么，您想啊，家里出了这么大的事情，我姑父还在家里弄那什么破书。街坊四邻要不把他当神经病才怪呢。”莲莲说。

“嗯，倒也是，其实都是我惯的，我总想着男人要做事，男人做事生来有条件，比如说他那个《本草纲目》吧，我也觉得他能弄好的，只是无奈家里总有事，没得办法喽。”

行船在江上，每个人都有自己的事情，谁也不会影响其他人。江风习习，山娃爸爸走上甲板，看着大好河山顺江而下，倒有一番“千里江陵一日还”的感觉。

转过头来说山娃，训练一天带着大家回到家，早有学生家长聚在他家门口，看到自家孩子安安全全回来，谁都没说话，默默领着自己孩子回家去。

山娃没想到，第二天的早上还是喂鱼，喂兔，喂大黄狗。锁门之后就在桥上等着，等到太阳上东山，除了毛榉子还有山竹子，其他的人都没来，谁也没有和他请假说一声。山娃站在桥头发呆，他在想着昨天所有的人都把衣服穿回家了，那个衣服多贵呀！

“你说说，我们怎么办？”山娃问毛榉子。

毛榉子蹲在地上摇摇头，山竹子说：“我也没有办法。我倒想练，没有电台我们就是想练也是没办法。你说说，我们去了人家那里，戚指导倒是很热情，热情归热情，爹妈不让去，我们能有啥办法。没办法，要有了信号源了才能继续训练。”

山竹子这样一说山娃突发奇想说：“山竹子说得还真对，要不就训练基地拿两个，反正不能偷，拿来玩玩再给送回去。”

毛榉子一听这话，说：“这样也不好，还没练好，就让人家国家集训队的小看了。”

“这有什么小看呢，我们不是偷，我们是借，今天借一个，明天就给还回去，同时再借一个电台回来。大家练习之后再给还回去，如此循环一周也没几天，你们觉得呢？”山娃这样说。

“行,我同意,明天我们就去借电台,临山镇上明天没有集,正好我们训练,你说呢?”毛榉子说。

“我也同意。”山竹子也是举了手。

“那就这样,明天我和毛榉子就去借电台,大家明天还训练,就在村子里,不用再上大东山,这样的话家里觉得我们在村里没有危险也就放心了。”山娃决定了,决定之后三人明确分工,山竹子的任务就是今天晚上以前要把村子里的学生全都告诉一遍,明天大家再训练。

山娃说:“最最重要的,我们现在已经不是我的一个测向机,昨天有人从训练队拿回来了几台测向机,这样算来我们就能俩人一台机器,这多好啊。”山娃真的很高兴,山娃没有想到要是国家训练队丢了电台会怎样。

第二天,启明星在东方闪烁,山娃和毛榉子轻手轻脚上了小东山,爬过小东山过了小沱江,然后再上大东山的半山腰,站在树丛里,看见东方才刚露出红霞光,半山腰的国家集训队的队员在上早操,有人下来正布置电台,就是布置信号源。山娃看见一个电台布置好了,看守电台的老师躲到隐蔽之处,山娃赶紧上去把电台拿到自己手里下山回家了。

毛榉子那边也得手了,俩人各自拿了一个电台就在小沱江的水泥桥汇合,过了小东山后回到疙瘩坞,等到疙瘩坞的所有学生吃完早饭,山娃还有毛榉子的电台已经布置好,等着大家拿着测向机找电台。

早上吃完饭,戚指导拿上测向机来听,听着电台信号音觉得不太对,三号电台还有五号电台声音很小很小。放下测向机,拿了对讲机来叫:“三号和五号电台的老师,现在你们的电台声音太小仔细查一下,完毕!”

“好的。收到!”看守电台的老师在对讲机里回答。

戚指导在对讲机里说事情,全国测向监督梁老师正在终点监督各项计时设施公正不公正。听见戚指导在对讲机里叫喊觉得不对劲,这么多年从来没有发生这样的事情,他也打算看看去。

手里拿着一台测向机,一边走着一边寻找电台。长80米一共六个台。0号台是终点台,就在终点附近放着绝对不会丢,其他电台分布广泛,每个电台直线距离一公里,意思就是说,只要直线距离不超过一千米的距离,可以不是直线。不止一个弯道讯号找台,也就加大寻找的难度。再比如,能够看见终点了,许多的人却是还有一个电台没有找到,就在直线距离三十米的距离,却是平行终点一公里,你说能说明这个电台布置不对么?梁老师是布置电台多年的老手,凡是长项都是响一分钟停响四分钟,零号电台的长响是为了迷失方向的运动员能够找到终点。

梁老师走在寻找电台的路上仔细听着电台信号音,或者电台布置太远,还是电台丢失了?

手持测向机,一边走着一边听,发现老戚所说的电台没有丢,只是不在原来位置上,好像人为地给位移,并且远了许多。

梁老师拿起对讲机,按住按钮说话:"戚指导,戚指导,你所说的电台没有丢,只是位移了,现在还能听到声音,我去找找看,你们先拿备用电台测试比赛吧。"

"好的,梁老师。"对讲机了传来戚指导的说话声。

沿着大东山的下山路,梁老师到了小沱江的江边上,听着信号音。现在两边都是信号音,老戚他们已经启用备用电台,老梁只是顺着信号音的方向去找丢的那俩电台去。沿着江边走,慢慢走到水泥桥,站在桥面上,调试电台辨别一下电台方向之后上了小东山。七十多岁了,能够陪着学生进行测向活动真是大家学习的榜样。山花烂漫的山梁上,看到下面正在练习测向活动,感到真是五花八门、万象更新,红红绿绿的专业运动服装给测向铺了一条五彩路。

山娃和毛榉子拿了电台赶回疙瘩坞村赶紧布置电台,一个放在山娃家的河对面,也就是山竹子家西面的一棵大柳树上的喜鹊窝里,另外一个毛榉子想了歪主意,找来塑料布给包起来,沿着河边放到水里,土黄色的天线顺着树根慢慢伸到柳树梢,山娃听见梁老师说过的,天线越高传得越远,八米高的距离,信号能够传出十公里。

"大家看好了,我们有信号源了,一共是两个,每隔二分钟一个轮回,我会放出两个人去找那些电台来,看谁找得快。"山娃指挥大家开始测向了,每当二分钟的时间过去,就会往炮弹皮的小钟上面敲三下,接着就是两行两个孩子开始找电台。

人都到齐了,全村大人小孩一共一百四十八口人,能够参加测向活动的学生共有二十一个人。

山娃他们分配好了组,二人一组,一共十个组,然后就是每次隔着几分钟的时间放出两个人。

梁老师上了小东山,听到信号的声音越来越近,几乎不用猜测他就知道,丢失的电台就在下面村子里。

下到平地看见小沱江的上游水更清,梁老师深深爱上这里,看见一群孩子在找电台,就是前天那些孩子,一边跑着一边欢笑着,山娃站在桥头指挥,有人正在上树,很危险。

“哎,桥头是谁呀?我们好像见过吧?”梁老师看见山娃一下有了亲切感,笑着问问山娃,山娃也看见了梁老师。

“梁老师,您怎么到这儿来了?”山娃迎着梁老师走过来。

不但山娃过来,毛榉子还有山竹子也都走过来。

“你们好吗,能够积极进行测向训练是好事,走南闯北这么多年像你们这样积极参加无线电测向的,也是我学习的榜样。”梁老师说话。

“哦,我知道了,梁老师,您是来找电台的吧。”山娃明白了,

“说得没错,我就是来找电台的,只是不像你想的那个样子。我只要知道电台在哪里就可以了,你们接着练。”

“是吗?梁老师,您可真是好人。”山娃不是奉承梁老师,山娃他们真是发自内心的感激。

梁老师看到这帮孩子这个样子,也是很感动,能有这样的学生参加测向,应该说这是无线电测向的福音。老梁就在那一刻想好了,他要捐给这里的孩子们整整一套测向器材。包括长 2 米,长短 80 米,还有阳光测向信号源,加上每套设备的三十台测向机。

“梁老师,您在这里吃饭吧。”山娃想感谢梁老师。

“不用。我回基地去,那里有饭吃。”

“真的梁老师,是吃鱼。”

“那就更不行了,哪有老师来检查你们倒让你们请客,绝对不行的。”

"梁老师您笑话了,您说的这些我们也相信。这样的事情我们也是没办法。大家想要练习测向,没有这个也就没有办法练习了。"

"不是,梁老师。"这个时候毛榉子回来了,他去家里请来妈妈说话留下梁老师,妈妈是村长,村长说话梁老师一定会听的。

看到眼前这位慈祥的妇女,梁老师不认识,就说道:"您是这里的——?"

"我是毛榉子的妈妈,也是疙瘩坞的村长,毛榉子让我来是要请您留下吃便饭。"

"不行啊,我们有纪律。"

"纪律也是人定的,人不制定哪里来的纪律呢?再说了,我来做饭,鱼是孩子们钓的,不是家里养的虹鳟鱼,菜是各家种的,不用花钱,还有就是猪肉。这个让您见笑了,今年冬天闹野猪,乡里允许我们打十头,结果晚上野猪送上门来,没有用枪打,用个铁笼子,也不知道山娃爸爸用了什么方法做了吃的东西,野猪来了就自己钻进笼子里,几天不吃食,正好清理肚子,杀猪过大年,现在呢,疙瘩坞的家家户户都吃野猪肉。梁老师,您来了,孩子们全都喜欢您,托我来说个情,您就留下吃饭吧。"

梁老师听到这些有些盛情难却,不吃不好,吃饭有纪律,想个办法说:"您看这样好不好,我也不白吃,我给大家讲讲如何使用测向机。"

"好好,那就说定了,毛榉子和山娃,你们赶紧让大家都来,听梁老师讲课,我去做饭。"

"妈!您说得不对。应该说是欢迎梁老师来到疙瘩坞指导无线电测向,还要打出横幅来。"

"行行行,就这样,就跟欢迎上级领导一个样。"毛榉子妈妈去准备,山娃他们坐在树荫底下听着梁老师讲课。

山娃爸爸妈妈还有莲莲已经坐上火车了。

火车真快,爸爸妈妈还有莲莲都没坐过这样的火车。人家管这叫高铁,稳稳当当的,看着窗户外面山川、河流、树木、房屋迅速退后去,好像生活在梦中。小梅依偎在妈妈的身旁,睁着大眼睛看世界,她从爸爸妈妈的言谈话语已经知道她的病情。虽然没人和她说过详情,妈妈眼睛里面焦急的神态,已经告诉她了。她的病情很重,只是她还没感觉,小小的她仅仅觉得这个感冒和其他感冒没有什么两样,只是时间长了些。

外人说话了,小梅生活在山里,平日与世隔绝,山清水秀的,没污染,怎么能得这样的病?也不好说,人吃五谷杂粮都会生病。

火车轻飘飘地快速跑在铁轨上,短短四个小时就能到北京。那里将会有人接他们,毛榉子爸爸专门请假等在北京西站来接小梅一家人。至于山娃爸爸,那是毛榉子爸爸儿时的伙伴,从小尿尿和泥长大的。还是老婆电话来说山娃爸爸妈妈要上北京给小梅看病,让他来接站,他很不情愿才来的,说是山娃妈妈会管饭,毛榉爸爸觉得现在没有谁会在乎一顿饭,少上一天工,他会损失二百块钱的。很无奈地答应下,火车进站时毛榉子爸爸刚刚到了十分钟。

"快走吧,我们坐地铁,很快就到住的地方。我还上大的医院去问过,北京能够治疗像你这样病的,只有北医三院、北大医院、阜外医院还有天坛医院了。不要着急,我再托托熟人看谁能够帮上忙。对了,山娃他爸爸,你还记得是石头崖的老三吗?"毛榉爸爸问。

"知道啊,听说他也在北京打工挣钱呢。"

"对着咧,就在这个医院门口当保安呢,明天咱们去看看他,看他能不能帮忙挂上号,只要能够挂上号,一切都好办了。"

"哎哟,那可好,北京你还真的混出熟人来了,不简单。"山娃爸爸赞赏着。

"没有事,你是当地名人,名医啊!我算什么呀?就是帮个小忙,其他我也帮不上。"

"说什么呢?我还名人呢,就是一个人名,大多数人不知道。我倒羡慕你,来到北京了,见过天安门,还上过颐和园,你比我们全都强多了。"

"闲话少说吧,我们赶紧走,我给你们找了住处,咱们不住宾馆,一天要花一百多块钱。我给你们找了一间房子,一个月才一百五十块。你们觉得怎么样?"毛榉爸爸说着带领大家排队进地铁,千叮咛万嘱咐地说大家不要走丢了。"

坐上地铁,山娃妈妈觉得很是好,宽敞明亮的车站,来来往往的人群,要比疙瘩坞的小村强多了。

山娃爸爸也觉得很新鲜，这么长的火车在地下跑，刚才毛榉爸爸说了火车要在地下十几丈的地方开，而且开得这样快，简直是奇迹。要是不上北京来，还真不知道世界竟然会有这等事情。莲莲想的不是这个，她在想着如何能到北京来，能到北京开个中华电器商店一定要比临山多赚很多钱。莲莲个头一米六，身体不胖不瘦正合适，说不上特别好看，却也不难看。有人好看却是张嘴就是脏话。有人长得不好心底很善良。男人也是人，每个男人都想找美人，美人人人都想要，你想找美人。莲莲不是美人，却是每人都想找的人，莲莲的眼睛就像一汪清水，能够见底，水灵灵地看着你，莲莲还爱笑，做买卖的人都爱笑，莲莲看到北京的样子心情荡漾了。

到了车站下了车，毛榉子爸爸带着大家转到另外一列车上，过了一会儿又换一趟车，坐了两站就到了，站在滚梯上，看着深深的下面大家都有自豪感，我们到北京了！

出了地铁站，坐上公交车，七拐八拐到了一个村子，毛榉子爸爸领着大家来到一所院子，进门上楼叫房东开了房间，里面挺宽敞。

毛榉子爸爸说："我没想到这位姑娘来，你是山娃的姐姐吧？小的时候到你姑姑家里来的时候我也见过你。一晃我有几年没回家，你也这么大了。你先等一会，我去问问东家还有没有房子让你住。"

"没事的，您也不用忙了，好歹忍一夜，明天再说，您也够累了。"

"没事儿，我的住处离着这里不远，很快就到，我就问一句，没有事。"毛榉子爸爸出门问房东，房东就说有是有，就是小了些。铺盖褥子都没有，不知能住不？

"没问题，这就给您钱，多少钱？"

"也不用多给，房子小，你给一百行了。"

"行，给您，一百块。"毛榉子爸爸自己掏了一百块钱交给房东，兴冲冲地回来说给莲莲找到小房住。

莲莲说："大叔我要谢谢你，房子租了吗？租金多少我给您。"

"哦，已经租下了，就一百块钱，便宜。"

"行，给您一百块钱交给人家，这就跟您看看房子去。"

“行，咱们走。”毛榉子爸爸举着一百块钱出门。带着莲莲去看房，然后下楼回到自己住处去。到下了楼梯又上来：“我还忘了一件事，这么大老远的来了，我还没请客，走吧。就到下面饭馆吃饭去，我请客。”

大家互相看看，山娃爸爸说：“那咱就去下面吃饭去，都到这会儿了，走吧。”

大家下了楼梯，胡同出口就是一个小饭馆，门口写着山西削面。毛榉子爸爸就往里进，买了五碗刀削面，坐在小梅身边说：“还是一岁多的时候见过小梅的，现在都念书了，等到大姑娘的时候我就老了，走在对面也都认不出来了！”

十四

爸爸妈妈去北京,山娃每天都在想念爸爸妈妈还有小妹妹。无奈联系不了,只能干熬着,突然有一天,毛榉子妈妈过来说让山娃接电话,山娃来到毛榉子家里,村里电话那个木头箱子已经打开。山娃拿过电话来,刚刚要问对方是谁,里面就传来姐姐的声音,这是姐姐的手机。山娃动了感情,哭了,那边姐姐就说不要哭,那边全都挺好,还问山娃有没有无线电测向。山娃高兴地说了这几天发生的事情,说到动情时候山娃又哭一遍,莲莲姐姐也受感染,那边也哭了。

能够联系的电话就是毛榉子家的一台,可惜毛榉子家的电话机毛榉子妈妈总是锁着,没有重要事情毛榉子妈妈不让打。

每当山娃到了毛榉子家,总是偷着看看电话机,每次都是锁着,钥匙就在毛榉子妈妈口袋里。

自从那天梁老师来过之后大家就没再练测向,偷了人家信号源,人家找来了,没有说什么,还教大家如何使用测向机,这让大家没脸再去偷着拿了,没有测向信号源,也就没法练习测向了。

这是梁老师走了之后第五天,离开学正好还有三十天。毛榉子妈妈匆匆来到山娃家的院子来,隔着门叫山娃,赶快出来有事情。

山娃每天无所事事心里也烦,也就睡觉睡到大天亮。毛榉子妈妈来到篱笆门的时候山娃刚刚醒来，听见有人叫，隔着窗花看看，知道是毛榉子妈妈来了，赶紧起床，穿好衣服，趿拉上鞋快步来到大门口。

“婶子，您有什么事？”

“赶快去叫疙瘩坞所有的学生，人家梁老师就要来了，要给我们村的所有学生捐赠测向机。”山娃不大高兴，想着光是捐赠测向机，没有信号源，也是开展不起来。嘴巴张开着，好半天才说了一句话：“捐赠机器是好事，没有信号源的机器就是瞎机器。”

毛榉妈妈有些生气，说：“甭废话！赶紧去找学生，人家梁老师是代表国家体委国家测向队来的，你可不能拖后腿，要是拖了后腿，我可跟你没完！你等着，你妈回来我不告诉你妈才怪呢！”

山娃说：“我没说不去，我去赶紧去，婶子说的事情我能不办吗？再者说，您还是村长，疙瘩坞最大的官，我敢不去吗？”

还是敲钟，就是敲那炮弹皮。“铛铛铛”“铛铛铛”连敲三响，疙瘩坞的大街小巷，沟坡山坎，所有适龄学生都朝着山娃家门前的小桥跑来了，看看人都到齐了，山娃站在小桥上，咳嗽一声清清嗓子，等到大家安静下来说：“今天敲钟让大家来，就是告诉大家一件事，上次来的梁老师，今天又要来，来看大家，你们高兴嘛？”

没有人说话，大家都在想，仅仅来过一次疙瘩坞的北京的老师今天又来，为什么？山娃接着说：“梁老师，北京的梁老师今天要来，来的目的就是——”山娃卖个官司没有说，看看大家都扬着脸庞看山娃，不知山娃下面说什么。

山娃继续说：“至于梁老师来干什么，我也不知道，下面请疙瘩坞的村长，毛榉子妈妈来说吧。”

大家没有鼓掌只是把头转向毛榉子的妈。

“这孩子，其实山娃知道梁老师为什么来，人家大老远来就是为了支援山区建设，支援我们疙瘩坞孩子的科技活动。更重要的，就是咱们疙瘩坞的山娃，还有毛榉子山竹子，还有你们大家科技活动搞得好，梁老师才来的。”

毛榉子妈妈说完话，大家还是不知道梁老师来的目的是什么，还是没有鼓掌。毛榉子妈妈还想说，就见一辆汽车转过山湾向着这边开过来。

山娃他们认识这辆汽车，那是测向集训队的汽车。

所有的人眼睛都在看那边，很快汽车开到跟前，梁老师下车，后面还有佟主任、戚指导，还有董冬冬和李子豪，还有几个国家测向集训队的队员下了车，下车之后就从车上往下搬下东西，测向机、信号源、计时器、打卡器，光是不同种类的测向机就摆了一大堆。这个时候就见佟主任、戚指导，同着梁老师上了小桥。主任说："大家好，我叫佟志祥，国家测向局副主任，今天专程来到疙瘩坞村主要宣布一件事情，就是我国资深测向辅导梁老师，国家测向队的现场纪律监察队长，自筹资金捐给疙瘩坞村无线电测向全部品种的测向机每种三十套。还有各类信号源六套，每个种类一套，大家欢迎。"

下面的学生还有闻声而来的家长同时鼓掌，佟主任宣布："下面请梁老师讲话。大家鼓掌。"

大家真的鼓掌，毛榉子山竹子他们都把手拍红了。

"我的话不多，我也没有什么话要说，捐献测向器材是因为你们感动了我，你们山里孩子勇往直前的精神感动了我，你们不怕苦，不怕累的精神感动了我，你们实践科技的精神感动了我，我应该向你们学习，向你们致敬，我给你们鞠一躬。"梁老师真的弯腰鞠一躬，下面的人都面面相觑不知如何是好的时候，山娃上前对着梁老师鞠了一躬，梁老师赶紧说："别这样，我也没做什么事。"

"那就磕头吧。"山娃一声喊，所有学生都给老师磕了一个头，再看梁老师，已经激动不已，老泪纵横了。

"还有一件事，一件很高兴的事。"戚指导上了小桥说："梁老师捐献的测向器材，我们来检验一下好不好？"

大家没有弄清戚指导的意思，谁也不鼓掌。戚指导接着说："从今天起，一共四天时间临山市的测向比赛要在疙瘩坞村举行。当然了，我的意思就是临山市的无线电测向比赛地点一定要到疙瘩坞。明白吗？"

还是谁都不鼓掌。

"就是说，疙瘩坞的乡亲们，疙瘩坞的所有村民都能连续四天看见这里有比赛。要用今天梁老师捐赠的信号源和测向机来进行比赛，证明全都是好的，有个别的有毛病，我们也会给调试好。同时，大家还可以约来小商贩，约来广告，约来观摩者，你们村里可以预备比赛的用品，比如冰棍，比如洗好的黄瓜、西红柿、矿泉水等，这样的话村民可以卖东西，可以赚钱，虽然赚不了多少，也是我们的心意，明白吗？”站在旁边的学生还有家长鼓掌，谁也不会和钱结仇。

再说山娃爸爸妈妈这一边。毛榉子爸爸帮助找了房，天亮之后山娃爸爸起得早，洗漱之后出门沿着村中道路转个弯，看看村里景象，山娃爸爸觉得还成。

大家都起床的时候，爸爸沿着村里道路已经走了一圈，看了街道风景看人情。

掏出指南针，看了一下方位，这里应该是京北，马路上的车辆都是向南开。在中国，所有城市都是一样，早上进城去上班，晚上出城回家去，早上汽车流动的方向，就是这个城市中心了。

转完一圈回到家，毛榉子爸爸等着他。“石头崖的石老三来电话了，说今天没挂上号，明天一定能够挂上，他让咱们也放心，还有就是准备好了费用，不用多，取一千块钱就行，到了医院先看看，要查病情再说，要是需要更多的钱，人家银行还能护送你们呢。”

山娃爸爸说：“那好吧，反正已经来了，就要查个水落石出。”

毛榉子爸爸看到消息传达完了就想走，山娃爸爸忽然说：“我说你今天就不要上班了，我也好不容易来一趟，想去天安门看看，你带我们去，行不？”

毛榉子爸爸说：“说实话，我来到北京八年，从来没有去过天安门，楼房盖了不老少，没有一间是我的。行！今天破个例，就跟老哥去一趟。”

这个时候莲莲买回早点，油条和豆浆，毛榉子爸爸说吃过了，看着大家吃完早饭，山娃妈妈也给小梅准备好了，大家出门坐上汽车转坐地铁，去天安门。

毛榉子爸爸说：“嘿！说实话，疙瘩坞的人，全都知道我在北京城，就连毛榉子他妈都问我，说天安门是什么样，让我给他照张相片寄回去，我就连年答应，连年没有时间去，今天去，也还是沾了你们的光了。”

地铁开得快，毛桦子爸爸带着山娃爸爸和妈妈，带着小梅还有莲莲很快就到了天安门，出了地铁口，到了阳光明媚的地方。

放眼看去天安门，很雄伟，再看天安门广场，简直太大了，大得很出奇，地盘差不要和五个疙瘩坞的村子一样大。红墙黄瓦天安门，人民大会堂的雄姿以往都在电视里出现，现在到了眼前简直就像海市蜃楼一样，美轮美奂真好看。正面对着纪念碑，小梅说要去看看纪念碑，山娃爸爸就让小梅骑在自己脖子上面，妈妈前面走着，莲莲带了照相机走在后面，看着自己的照相机，再看其他人的，觉得自己这个很寒酸。

从北往南走，先看到站岗守卫国旗，再到人民英雄纪念碑。小梅说想从爸爸身上下来自己走着看，爸爸只好放下来。再往南是毛主席纪念堂，看看门口排队，莲莲就过去，山娃爸爸妈妈也跟过去，毛桦子爸爸在前面，大家共同参观了毛主席纪念堂。还上前门溜了个弯，一家大小全都很高兴，回到出租屋，妈妈给小梅烧水洗身子，本身就感冒，生怕再弄一个感冒回来，那样可就是实在太不值得了。

才过了一天，毛桦子爸爸打了一个电话给医院，人家回复说是还要等，不知道今天能不能挂上号。山娃爸爸很泄气，小梅总不好，还让县立医院弄个白血病，要真那样好端端的家庭就毁了。想起来，山娃爸爸就愤怒，愤怒时候又觉无处发泄很郁闷。看看山娃妈，忽然觉得自己有些对不起她，总有大半时间飘在外面，说是弄那《本草纲目》修订本，一丝一毫没有照顾家。山娃妈是山里人，能够吃苦耐劳勤恳一辈子，自己呢，想来也是图浮华。不过话又说回来，人家李时珍的时代要比现在艰苦多了，走遍祖国山川尝百草，自己要比那个时代强多了。

想起山娃来，山娃继承他的事业不能变，变了也就不能传承中医了。也和山娃妈妈探讨过，对着山娃也说过，山娃不以为然，山娃妈妈支持孩子上大学。大学有什么？在他眼睛里面只有中医中药才能救世界。

颓唐的一代，纨绔的一代，没有任何用处的一代人。山娃爸爸浮想联翩，想到将来怎么办？这个时候一阵电话响，这是莲莲买了新的手机就把旧的给了自己，山娃爸爸拿起手机来，按照莲莲教的按下绿色按键，电话那头就响了："喂！是你要买挂号条吗？"

山娃爸爸很奇怪,没事谁能够这么快知道他的电话号码?肯定就是自家人。

“喂,是,您是?”

“不用打听我是谁,你要挂号给孩子看病不是吗?”

“是啊,怎么了?”

“啊,你要挂的号给你挂上了,请你来拿,你看什么时候有时间?”山娃爸爸真高兴,刚才还说没有挂上号,现在就有了,真是好。问了拿票地点,山娃爸爸却犯难,说一句:“您说的这些地方我都不认识。”本来就不是北京人,说话就有口音,对方有些听不懂,还有就是山娃爸爸第一次上北京来,哪里认识东南西北,新街口与西安门呢。没有办法只好叫了莲莲陪着自己一道去,莲莲说:“还是问问毛榉子爸爸吧,既然托了人家也就还要问问毛榉子爸爸那里怎么样。”

“也对,我打电话。”山娃爸爸掏出手机就要打电话。

“打个什么电话呀,走路五分钟就到,不打电话,咱们走吧。”莲莲说着就出门,右边拐弯径直走,就到了工地,看见高高的大楼,毛榉子爸爸在这里上班呢。

到了大门口,保安不让进。莲莲说:“我们找毛榉子爸爸。”

“谁是毛榉子爸爸?我们不知道。”保安说。

莲莲一听这话就知道有门,接着说:“就是毛鸿儒,他来这里好多年。”

“毛鸿儒我不认识,工地只有一个姓毛的,但他不叫毛鸿儒,他叫毛财旺。”

“哦,对,就是毛财旺。”

“啊,监理工头,你们找的就是他呀,那就跟我来。”

看场子的前面引着路,后面山娃爸爸说:“老师傅,我和毛鸿儒从小就认识,村里没人知道他叫毛财旺,只有我知道,那是真正办理身份证的时候,他要改名,人家也没看户口本,就给写上了,结果成了毛财旺。”山娃爸爸说。

山娃爸爸用手指着脚手架上站着的毛榉子爸爸又说:“您看见了么,那不是么?我都看见了。”果然是,毛榉子爸爸正在三楼脚手架上和工人说事情,声音很响亮。等到说完事情刚要走,就听下面喊:“毛榉子爸。”

山娃爸爸说着孩子名字，这比叫他自己名字还要亲，好几年了，毛榉子爸爸都没回去，说了他的儿子名字他肯定会下来。

果然是，听到有人叫着自己儿子名字，毛榉子爸爸往下看看，赶紧跑下来，问到底怎么了？

莲莲说："有人打来电话说是已经给小梅挂上号，还说要让我们去到新街口的二条胡同口的南边电线杆子下面拿钱去换票，你说我们能去吗？再说了，我们是第一次来到北京，谁也不认识的，你说呢？"

毛榉子爸爸说："不用信他们，我可听说这些事情都是诈骗，这些人，鬼着呢，可能听说你的事，就说给你挂上号，让你掏钱，然后你就找不到他了。等会儿，我问问毛猴子，看看到底怎么一回事。"毛榉子爸爸说着掏出手机来，一边打开手机拨了号，等着对方回音一边说："这个事情很蹊跷，除了石头崖的石老三，我没托过任何人来给你们挂号，这里面有问题，也许是石老三托人也说不定，我问问今天他们是否挂上号。"话说完，就听手机有信号。毛榉爸爸看着手机屏幕说："看见没有，是短信，说是还要等一会儿，还没开始挂号，今天应该能挂上。"

又等了一小会，还是短信来。毛榉子爸爸看短信："哦，行，说是已经挂上号，北医三院，还让我们赶紧去。"

山娃爸爸很高兴，毛榉子爸爸也高兴，大家心中一块石头落了地，赶紧收拾东西，一起上医院，莲莲说："等会我就打车过去，你们先走吧。"

"为什么？就跟我们一起走，不能离开我们，你大姑也离不开。"山娃爸爸说。

只见莲莲对着姑姑耳朵说了几句，姑姑点点头，姑姑马上招呼山娃爸爸一起走，莲莲却留下。

到了医院之后，毛榉子爸爸首先找到保安值班室，去找石老三，保安说："没有叫石老三的人，你们找错了。"话还没有说完，石老三就出现了，一个个头不高，是个说话就笑的人，还是秃头大脑门，眼睛有点像猴子的人。山娃爸爸也认识，只是在家时候没有过多的接触。见到山娃爸爸来，石老三首先过来握握手，倒让山娃爸爸感到很惭愧。山娃爸说："你好，你好，在家都没怎么说过话啊，今天在北京遇见了。"

就在山娃妈妈进了医院门厅时，莲莲才赶到，是去银行取钱了。

“可不是，在家时候我是从来没有病，也就免了见面机会您说是不是？不过您的大名在咱那段名字还是当当响，行了，闲言少叙，先办要紧的。”说着话，石老三掏出挂号条，递给山娃爸爸。山娃爸爸接过来，竟然不知下面要给人家挂号钱，山娃妈妈看到了，赶紧递上一百元。石老三说：“不用这么多，一共是五块钱，专家号。现在我也没有零钱，你们走的时候再给我，现在赶紧去看病。”

“那好吧。”山娃父母千恩万谢跟着石老三去专家科室去看病。

来到专家科室门外面，递上挂号条，护士就让在门外等着叫号。

大家找个椅子坐下来，功夫不大，护士叫：“姚诗梅。”

小梅就叫姚诗梅，妈妈听到叫小梅，赶快抱着小梅进诊室，医生坐在桌子后面微笑说：“怎么不好呀？”

“有点感冒。”山娃妈妈回答。

“那就先试试表。”医生拿出一个体温表，交给山娃妈。妈妈不会使用，莲莲拿过来，往下甩甩，水银柱甩到35度以下，看看没有疑问之后，把它放在小妹胳肢窝，等着看结果。

五分钟后莲莲拿了出来，看看，随后进屋交给大夫，大夫看看说：“没有什么大事，吃点药就好。”

“不能吧，我女儿感冒都快一个月了，总这样，您看……大夫！”

“那就开个单子化验一下，看看结果再说吧。”这个时候医生的表情变得很严肃，开完单子交给莲莲说：“化验室在三楼，你们那里抽血就行了。”

“哦，大夫，结果出来我们还要来吧？”

“当然要来，我要看化验结果才能确定病情的。”

“谢谢大夫。”大家带着小妹去化验。排队取号，抽血，然后等待化验结果，山娃妈妈在给小妹按着刚刚抽血的针孔。已经习惯了，小梅的针孔要按好长时间才能不流血，不像其他人，按住一会就行了。妈妈也疑虑这是怎么回事，这次检查是否能够检查出来，妈妈很担心。

大约过了半个小时，莲莲看到电子屏幕上面打出姚诗梅的名字来，就过去取结果，结果上面一行一行的信息莲莲看不懂，交给姑父看，姑父看不懂，他只知道号脉，根据脉搏确定病情，医院里面的洋字码，他是不知道的。看到莲莲递过来的单子，自己接过来的时候心情说不出来的酸味道，自己是个医生，也叫大夫，在这医院里面就成了文盲。

大家重新来到诊疗室，大夫看看化验结果，眉头皱了皱："这样说吧，你们做的化验还有一些结果没出来，出来之后才能确定病情，不过我是建议留下观察几天，看看怎么样？"

毛榉子爸爸拉着山娃爸爸的衣服说："还是回去吧，这里住院每天花费可是不少呢。"山娃爸爸看看毛榉子爸爸又看山娃妈，然后又看莲莲，自己什么都不说。山娃妈妈说："那行，莲莲，咱们还是回去吧。"

"不过我的建议还是住院好，住院也能随时观察病情，随时能够检查。"医生眉头皱着很严肃地建议。

"那好，我们听医生的。"莲莲说。

"你们先到住院处去交费，然后去办手续，我给你们开住院单。"

"等会儿，大夫，我想问问要交多少钱？"

"这个么，先交十万，不够再说。"

"那你看这样好不好，您先把住院单给开了，我们明天再来您看怎么样？"

"为什么？"医生说。

"不为什么。"

"哦，不为什么，为什么？"

"不为什么，还能为什么？"莲莲有些着急生气了。心里想着你这医生也太怪，我们明天来就不成么。这样态度倒让她姑姑不明白，山娃爸爸也看着莲莲不知道是为什么。

"走吧，我们走，明天再来吧。"莲莲就说走，其余三个不明白也不想走，莲莲有点发火了："你们留下你们交钱吧，我走了。"

这样一说谁都不说话了，赶紧灰溜溜地回去了。到了住处姑姑刚要说，莲莲先开口："我的意思就是再找一家医院去看看，起码找三家，假如三家医院都是一个结论我们就认命。大姑，姑父你们觉得怎么样？"山娃爸爸妈妈听了很感慨，还是莲莲说得对，好不容易出来一趟，一定要弄个水落石出才可以。说道："行，就听莲莲的，我们先回去，化验结果三天以后才出来，等到化验结果出来我们再回来。你说怎么样？"山娃爸爸问着莲莲还有毛榉子的爸爸，眼睛看着山娃妈。

山娃妈妈说："还是莲莲说得对，那什么，还要麻烦毛家大哥，你看能不能再到别的医院再看看？"

"这个么？我只认识石老三，要不我再问问他，按照道理说，石老三是医院的保安，他就应该认识其他医院的保安，和我一样，我现在做建筑，也就能够认识一些建筑方面的人，石老三也是一个样。"一边说话一边掏出手机来，给石老三打电话。

"喂，我说。再给找一家医院，有人吗？哦，有啊，嗯，知道了，行！我知道了。"挂了电话毛榉爸爸说："石老三说能挂上，明天就可以，只是要比这里钱多些。"

"多多少？"山娃爸爸问。

"怎么也要给人家二百块钱吧。"

"行，就给二百块钱，明天我们就去，哪家医院？"

"瞧。忘了说了，我再问一下。"

真是手脚麻利快，毛榉子爸爸电话打过去，对方马上就说是天坛医院，说对方只要挂号费。毛榉子爸爸就问为什么？人家说是听说孩子就是疙瘩坞的郎中的姑娘，他也是临山人，山娃爸爸的大名在当地可不小，冲着他的大名，他也不能要那多出来的钱。毛榉子爸爸说给姚家听，家人听了又是一阵嘘唏，敢情名人受尊敬，这样看来姚先生的钻研没有白费呀。

两天时间又跑两家医院做化验，莲莲说看看三家医院结果一样不一样。

梁老师捐助测向设备，同时要在这里检验设备，国家测向集训队所有领导都来了。

作为国家队的教练戚指导，也带着全部国家测向训练队的全体人员来助阵。佟主任站在山娃家门前小桥上，看到风景如画、山清水秀的小山村，看到村后山上的古长城，很感慨地说："我今年也五十多了，还没见过这样的地方，生活在这里简直就可以当神仙了。啊！多好啊！将来我退休了，也想找个这样地方来养老。”

戚指导站在旁边笑着说：“您看这里好啊，我倒觉得我们东北大兴安岭的早晨才叫好，苍松翠柏，鸟语花香。走在山间小路上，看着漫山的蘑菇松茸，木耳山珍，还有野鸡的呼唤，小鹿的奔忙，你要看到那样的景象才是觉得真如云上天堂了。”

主任说：“我知道你是东北人，夸夸长白山和大小兴安岭也是你的长项了。我倒觉得你说的这些就是画，只有画最美，真的景象没有像你说的那样好。我到见过有个很好同事给我发过短信的，你知道是什么吗？”

“不知道。”戚教练说。

“叫作‘青山无墨千年画，流水无弦万古琴’。这才叫诗韵，这就是山村，这个就是疙瘩坞，我见过的最美的人家。”

“看来主任今天是感慨万千啊。”梁老师也不知道什么时候走过来，站在主任身后说一句。主任回过身来说：“老梁啊，你是开了测向运动先河了，捐献测向器材给这里少年就是为了我们测向运动，为了无线电测向发扬光大，您可立下汗马功劳了。”

“哎呀，主任您可千万不要这样说。我从十五岁就练习测向，后来当了老师教学生如何测向，可以说是阅人无数，从我带着学生训练参加全国测向比赛到现在，我就记得一共在我手里练过八百三十八个人了，今年七十三，还算硬朗，就是腿脚不太利索，时常掉链子。也是没有几年，蹦跶不了几天了。哎！人生如梦，转眼就是百年，百年之后我会怎么样？是否还能有人想着我？想到我这白头发的老家伙一共做了测向活动六十年？也算是我没有白活了。”

“不是，我怎么听着慎得慌啊。一个是主任，感慨风景，一个是监督，感慨岁月。真是的，六十年一个甲子，梁老师，您可是我们测向界的 NO1 呀。”戚指导客观公正地对梁老师说。

“说白了，我的心愿还有一点，将来百年之后要是有个学生能够给我苫上党旗，我这一辈子也就没有白活了。”说到这里，梁老师挺激动，眼泪流下来，赶紧挽起胳膊擦。

这个时候戚指导的对讲机器有人说话了：“戚指导，戚指导，一切准备好了，是否开始比赛？”

“好的，听到了，我问问，一号台！”

“一号台准备完毕。”

“二号台！”

“二号台准备完毕。”

……

“好，这个事情您来吧。”戚指导把对讲机递给梁老师。梁老师接过对讲机，对着话筒说：“临山市，第十届无线电测向比赛暨国家测向集训队训练成绩汇报比赛现在开始。”

梁老师一声令下，起点的倒计时器开始打点。

赛场上，一排一排的测向队员站好队，检录之后就在起跑线的后面站好。工作人员开始让学生清零，清除机器上面记录的信息，等到开始计时之后，也好重新记录队员竞赛所用的时间。

“走，我们看看去。”梁老师说话，这个就是梁老师的任务，每次比赛梁老师都是事必躬亲，场内巡视看看是否秉公廉明，有无犯规，或者互相交头接耳传递信息。

梁老师慢慢走，仔细巡视比赛场地，看到参加比赛的学生斗志昂扬，心里很高兴。

董冬冬手持测向机，左右摇摆，很专注地寻找电台。然后就是李子豪，再往后就是龚长钰，穆子彤，再往后是姚远。姚远是山娃的大名，只见姚远急速跑在山路上，见到梁老师，微微点头笑一笑，快速冲过梁老师的身边跑到前面去。

梁老师，主任还有戚指导，全都在比赛区域观看大家比赛，主任还带着照相机，看着哪位运动运的姿势美妙就停下来照几张，反正是连拍，总会有一张是好的，每次比赛拍上两三千张相片没问题。在主任的电脑里，全是测向的照片，有的时候妻子见了也埋怨主任事业第一家庭第二。主任想在退休之后把相片整理整理，也好出个测向专辑送给大家。

茂密树林中，知了叫个不停。有树就会有知了，只要有人到了树下惊动了知了，他就不叫了。运动员也不是总在跑，人都有个累的时候，跑上一段路，就要慢跑或者走一阵。这个时候大家就会看到所有的裁判都很用心看守电台，站得远远地，警惕地看着电台，生怕有人会把电台拿跑了。

梁老师看到这些就和主任说："这些都是戚指导要求的啊？"老戚旁边听着说："您是表扬我，我也没有那么多的时间要求他们，还是大家做得好。"

主任说："一伙马屁精，互相吹捧，说了归齐还是梁老师的火眼金睛检查得好，人家都怕你。"

"这些事情我倒是习惯了，那年在什么地方来着？哦，对，在洪门那一回，有人竟想买通我们的人，说是要给他的孩子凭空减去两分钟，幸亏我看到了，制止了，不然不知会捅出多大娄子来。好家伙，后来我一打听，敢情人家只要减掉两分钟，就能得第一，就能加分上大学，人家许诺要给一套楼房呢。"

梁老师和主任在比赛场上慢步走，眼睛都在盯着参赛队员或者裁判老师的动向，绝对不能出现一丝一毫的马虎。

整个比赛场地上，不时就会出现带着照相机的人，他们在照相。他们照相是要给作弊的人留下印记，他们的相片会作为证据交给裁判委员会，对于作弊零容忍，任何作弊都是犯罪，要不得的。

前面就是终点了，老梁说还要回去看看，这个时候是绝对不能马虎的，有的比赛最后闹意见，说是不公平，就是最后一刻监督不到位惹的祸。

主任看看梁老师对着戚指导说："一辈子，像他这样的人可是不多了。坚持原则，不怕得罪人，我们的测向运动像现在这样，大家都能参加没有闲话，就是基于这一点。"

"那是啊，所以我就说，什么事情只要你肯干，坚持自己的原则，就一定能够做好。"戚指导说着话，看着快到终点时候有几个学生靠在一起就喊道："你们怎么了？"一声喊，几个学生就散了，戚指导拿起对讲机："大家注意啊，现在已经有到终点的了，希望大家能够坚守自己的岗位。"戚指导说完话，走向终点，他要看看所有参加测试的国家队员的成绩。

疙瘩坞的事情很快就在临山市的电视里播放了，临山电视台的编导说："这件事情很有代表性，老同志坚守革命岗位的信念在临山发扬光大了。胜利来之不易,要好好珍惜。临山市早已经把素材要走了,说在近期省里也要播出这个事情。”

看电视的老百姓,看到电视机里出现疙瘩坞,都很兴奋,一致同意请电视台和老梁的客,说是老梁能让疙瘩坞村出现在电视节目中,一定表示感谢。戚指导婉拒了,说是没有这个规矩,绝对不能接受大家的宴请。

到了测向训练最后一天的时候,疙瘩坞的乡亲就在山娃家的院子里摆上桌,前天经过请示,临山县政府的林业警察管理所批准疙瘩坞可以打一只野猪,于是人们上山转了一天打回一只野猪来,回家放血退了毛。加上老师教练还有国家集训队的队员,一共摆了三十桌,一头野猪加上小沱江源的河洛菜,再加上野生的山葱野蒜一起,放上一些新鲜竹笋,大家美美享受一番。戚指导也是没了脾气,最后叫来炊事员,把当天的伙食钱全都给了疙瘩坞村村长毛榉子妈。毛榉子妈妈讲了几句话:“大家好,我是疙瘩坞的村长,首先感谢梁老师,梁老师捐给孩子测向机器,电视台的人来采访,我们疙瘩坞村出了名,现在我敬梁老师一杯酒。我不会喝酒,但是我要把它喝下去,喝下酒,是对梁老师最大的尊敬。”说完了,毛榉子妈一仰脖子,把一杯白酒喝下去。喝完了,走到正在自己斟酒的梁老师面前说:“梁老师,我代表全村的人感谢您,真的谢谢您,但是您就不要喝酒了,我刚打听过,您也不喝酒,就不要勉强,祝您身体健康,说句玩笑话,先活八十八,再活九十九,耄耋之后百岁健康又长寿。”说完了,自己就笑了,她这一笑在场各位全都笑了。

吃饭间,戚指导把山娃叫了过来说:“你家的事我们也知道了,我们全体国家队的测向队员以及医生还有后勤人员一致同意并给你妹妹捐了些钱,一共五千四百元,请你一定要收下。”

山娃这下受宠若惊,赶紧双手往上一扬就要跪下磕头,戚指导一把托起山娃说:“小子,可是不能这个样,没有这个规矩的,家里出了事,我们也是尽一点心意,离着治病需求还差很远很远的,不足挂齿,不足挂齿。”

山娃说:“那我也要代表我爸我妈谢谢您,谢谢大家,谢谢全体国家队的教练和队员。”山娃故意说得声音很大,全场的人都能够听到,大家全都转过脑袋看着这边。

宴会结束,参加测向的临山三中学生回学校。这是山区,山区高中孩子一般都要住校，绝对不会每天背着干粮来上学。现在暑假已经过了一半了，大家回到学校以后马上开始复习功课。

戚指导带着集训队员去基地。山娃这边也是帮助大家收拾锅碗瓢盆，弄到快半夜了才算收拾干净。

十五

收拾完了大家都走了,剩下山娃一个,赶紧去鱼池喂了鱼,弄些草喂了兔子,之后倒在床上很快睡着了。

或许真的累,或许是兴奋,反正睡觉时候做了梦,梦见妹妹回来了,山娃迎着妹妹到小桥,站在妹妹面前仔细看,看着妹妹在笑,笑得很香甜。然后梦见自己测向比赛得大奖,站在领奖台上也是笑,台下爸爸妈妈笑得嘴都合不上。

几天了,去了几个医院都说情况很不好。弄得山娃爸爸这个名医就像是心里有只猫,到处乱抓一气,心里疼得厉害。

大夫看看片子再看小梅,皱眉头。妈妈就问大夫怎么样,大夫说:“这个事情很复杂,还要专家一起研究一下到底是什么。”

几个医院都是这样说,自从北医三院开了药,先让小妹吃着看看,其他医院的药方山娃爸爸看看就把药方给扔了,除了纸的颜色不一样,其他都一样。这个时候山娃爸爸就想到,看来几家医院的水平都是差不多,不会轻易下结论,反过来,下了结论也就定性了。

出了医院大门山娃爸爸想说话,却是莲莲先对着姑父说:“您甭说话,我就知道您要说话,而且知道您要说什么。”

“你说说我要说什么?”

莲莲笑了笑:“您是想说几个医院全是这个调,也就证明几个医院水平都是一样,都是不愿说的病。”

“也是不尽然,看看再说吧。”

“那么您说怎么办?”莲莲问。

“怎么办也不怎么办,这是在北京,我们去的医院都是全国知名的,任何一所医院都有知名专家和教授,不会错,绝对不会看错的。”

既然姑父这样说,那就等一等,莲莲这样想,回头对着姑姑说:“我们还是回去等,反正来了一回北京也要让小妹玩得高高兴兴的,只有这样我们才能不后悔。”

“那么你说我们今天怎么办?”山娃妈妈说。

“姑姑,我们就去长城吧。”莲莲说。

“行,就是去长城,不到长城非好汉,我们今天就是好汉了。”姑姑高兴,姑父也高兴。小梅的病情好也好,孬也好,反正就是这个样子,姑父是中医,虽然不知道西医对这个病的治疗,却对着生老病死看得很豁达。

山娃爸爸就是这样想的。中医讲究阴阳调节,调节好了,阴阳平衡了,病情必然就能缓解或者消失了。

莲莲昨天买了个新手机,看着手机就能知道长城距离这里有多远,还能找上出租车。

早上小梅刚刚收拾好了,出租车就来到了租房的门口,坐上出租车到火车站,坐火车去。出租太贵,旅游团又要到商店买东西。莲莲就说都是外地人,我们谁也不惹谁也不招,我们北京来看病,等着病情有了结论或许就在这里治疗,或许就回家。查了导航之后告诉姑父就坐火车去,第一是便宜,第二就是不会招惹黑导游。

火车开到八达岭火车站,大家下了火车,山娃爸爸特意问了晚上回去的火车时间,叮嘱莲莲千万不要晚点,大家兴高采烈地登长城。

闲了一天下来,山娃去找毛榉子,毛榉子不在家。他又去山竹子家,刚刚出门毛榉子妈妈追出来问山娃什么事?山娃说:“婶子我想说,我和毛榉子都想上大学。”毛榉子妈妈说：“这是好事呀，不用问我，肯定会支持。”

“我知道，任何一个孩子上大学的想法家里都支持。我在想着小梅今年得了这个病，虽然我还不知道是什么病，但从我爸妈的眼神里面我就看出不太好。您给出个主意，我是上大学呢还是不上，我爸我妈太累了。”

“这个事情不好说，千家会有千家事，千家想法都不同，任何支持都有价，背后辛酸无人知。关键要看你的毅力和学识，再有就是你爸你妈的支持力度，还有就是国家助学政策，如果都对了，你的想法一定能够实现的。”

毛榉子妈妈的话到让山娃很释怀，从此也就想开了。奋斗是人，成功是天，这就叫作天成人意，事情也就有了结局。山娃看看毛榉子妈妈，感到毛家婶子真是不简单，能有这样的胸怀，这样的见解真是不容易，怪不得人家能够当村长。

毛榉子回来了，毛榉子后面跟着山竹子。

“我到你家去，没人在家，黄狗摇摇尾巴，我们赶紧出来了，敢情跑到我家来。”毛榉子说山娃。

“看来我们想到一块去了。”山娃说着看毛榉子。毛榉子就问山娃什么叫作想到一块去。

山娃说：“你不就是想到大东山的基地接着练习测向吗？”

“哎呀呀，山娃简直成我肚子里面的蛔虫，了解得一丝一毫都不差。”

“怎么去？什么理由能去那里？”成了山娃的课题。梁老师捐献一套测向器材，还为捐献器材举行一次测向运动会。这些能够证明人家梁老师对疙瘩坞村的孩子十分重视，人家很重视，难道我们就把测向器材放在仓库里面等着长毛吗？

不能够，还是要练习。

人家梁老师的设备来了，我们要懂梁老师的心，梁老师是要我们好好练习，也就不会辜负他的心。先到国家测向队里去学习，学习如何搞好测向，如何使用机器，如何开展好无线电测向这个事儿。

“那就这样，我们还是到国家集训队去练习，等到全部掌握使用方法，我们就能更好地坚持下去了。”山娃说。

然后就分工合作，山竹子负责通知大家去大东山的集训队里接着训练。

毛榉子负责沟通谁家不想让他孩子去参加，沟通不了就会请出妈妈来，妈妈是村长，村长说话了，面子也就给足了。

整个疙瘩坞村的孩子，能够参加测向的全都来了，一共来了二十一个人。山娃知道数字之后赶紧跑了一趟大东山，见到戚指导，说了还想参加测向训练的事情，戚指导当然愿意大家来，实际上他看中山娃这棵苗子，早想让他参加训练，准备让这颗定时炸弹出席世界锦标赛，放出这批黑马看看黑马能够跑多快。

只是这种想法还没来得及实现，山娃爸爸妈妈就去了北京给孩子看病了。

“没事，明天一早你们来，住这里行，不住也能行，按照我的方法训练，肯定大家都会有收获。”

“行，戚指导，您就放心吧，我们那里的孩子，就是不怕山路弯弯，密林深处也敢去。”

“行，等着你的好消息。”

“等会儿，戚指导，今天来这里，怎么没有见到梁老师？”

“哦，没事儿的，梁老师有点事儿先回北京了，两三天就回来。”

“谢谢戚指导。”

山娃赶回去，说好第二天早上大家听钟响。五分钟的起床时间加上五分钟的上厕所时间，跑到山娃家门口小桥那里集合，大家一起去上大东山。

果然是，山娃敲响歪脖柳树下的炮弹壳，“铛铛铛！”连续敲三次。不长时间所有要去大东山的孩子全都汇齐了。既然齐了就出发，毛榉子前面举着红旗，后面跟着大队伍，花花绿绿的服装是前几天去到大东山训练时候戚指导给发的。

最最令人惊讶的，不是这个队伍或者这个队伍打着红旗去比赛，而是后面跟着三个成年人。

一个叫吴城，当初他的爸爸给他起名字的时候真的就想他的日子都顺当，一事无成，过个太平日子。

还有一个叫胡桂花，是个女的，生性好动，看见测向比赛就在疙瘩坞，胡桂花就在村里村外看个溜够，知道一些情况，恨着自己小的时候学校老师没有同意自己参加无线电测向活动,错过了大好时机,今天想来试一试。

再有一个叫马友生,小学入学考试十加三等于几还不知道,后来长大了,家里买了一群山羊让他放。一晃也都二十一岁,还没娶媳妇。梁老师捐献测向器材那天他也来了,跟着测向队员跑来跑去,觉得很新鲜,正好赶上退牧还林,山羊不让养了,说是毁坏植被,新的营生还没想好,也就极力想去参加测向,谁也不知道他心里的小九九。

三个成年人,跟在学生后面穿行在小东山的树林中,过了小沱江后跟着上了大东山。等到毛榉子的红旗进了集训基地时候,大家看见后面三个成年人全都感到很惊讶。

戚指导以为是送了山娃他们过来的疙瘩坞的村民,先让三人进到休息室里去休息,并且感谢疙瘩坞的村民支持测向。

三人不说话,山娃过来告诉戚指导说三人是来参加集训的。戚指导觉得很突然,脸色转换一会才明白。

“欢迎你们来参加,今年九月要去澳洲比赛,世界锦标赛上真有成人这一项,先问马友生,何年何月何日生,然后问了胡桂花,最后问吴城。

马友生说教练您可别见笑,我的目的不纯,想着来到这里参加训练出国看看去。戚教练说很好啊!能够出国说明你有实力,咱先不用说成绩,敢于争先就是勇气可嘉,或许真的能够夺取冠军呢。

吴城说:“大家不用听他瞎说,马友生这小子没憋好屁,他是想着出国弄个外国媳妇回来也能让他家祖宗沾点光。”

戚指导说:“可以呀!要是真的赢得冠军,你还别说,真没准,据我所知,我们周边许多国家的生活水平不如我们,也许人家马师傅得了冠军,澳洲的姑娘还真没准看上他。”

大家全都笑,马友生就说:“你们笑什么?吴城也是这个想法,他的媳妇去年跟着人家跑了,今年法院宣告吴城女人失踪才刚结束,算是正式没了女人了,我俩商量好了,看谁能够得冠军。”

胡桂花说话:“这俩小子没安好心,不过也没准,娶个外国媳妇也没有什么不好,要是真是那样,我们疙瘩坞也算榜上有名了。”大家就问胡桂花:“你是为什么来?不会也想找个外国老公吧。”胡桂花说话:“胡说八道,我的老公活得好好的,我的目的很简单,十二岁的时候学校就有测向活动,我就报名参加,人家科技老师是说出大天也不要,现在就是为了争口气,看看我到底有没有这个天赋,我就不信我就不能赢得一个冠军来。”

大家就鼓掌。

鼓掌之后胡桂花的脸红红的,像是喝了半斤烧酒,很兴奋。戚指导叫人拿过测向机器,然后手把手交给三人如何使用测向机。

等到培训基地大家吃完早饭后,大家集合开始简单运动,三个人也编在其中,没人说不。

今天天气阴,伸手抓一把,空气当中能攥出水。虽然是训练,真正比赛形式一点不能少,指卡,计时器,倒计时的打点计,全套设备全都开着,所有电台都是有人看着有人管。

主任是看守一号电台的人,看第二个电台的人是梁老师。一共六个台,每个电台一个人,相互之间直线距离相差一公里。五个电台就是五公里,真正跑起来了,绝对不是五公里,那是十公里的路程只多不会少。

“预备！开始。”李子豪第一个。

清零,开始,稳步推进宁可不快跑,也不能找错台。第二个人是山娃,山娃参加过训练,很有前途,带着另外一个人跑,更能增加自己寻找电台的经验。最后一个是胡桂花,她的信念就是节省一秒是一秒,哪怕是一毫秒,也是赢得冠军的关键。

再下面的就是姚远了,姚远就是山娃。在家叫山娃,公共场合就要叫大名。对于山娃大家不陌生,山里孩子上山下水都是很轻松,最大特点就是山娃从小和他爸爸妈妈上山采药,哪里是捷径哪里有危险他都一目了然,跑得快还不出意外,再往后的是穆子彤。那年广州全国无线电测向比赛,长 2 米的比赛挂了轻彩跑到一处山洼,碰见很多很大的飞蚂蚁,脸上腿上都让毒蚂蚁给咬了好多的大包,还是坚持跑完全程,得了第六名。就是那一次,她让带队老师心疼不已。

比赛进行前,戚指导认真教给三位成年人如何适应测向机。今天的项目是长 2 米,戚指导教给三人如何使用,说是举得越高信号越强,八木天线横着左右摇摆找电台。第一个人是吴城,李子豪带着吴城跑。第二个人是马友生，山娃参加过测向训练，就让山娃带着马友生。“没问题呀。马哥跟着我跑没问题，我找哪个你找哪个，我还给你说说到底为了什么那个电台在那里”山娃说道。最后董冬冬带胡桂花，胡桂花决心要争口气的，一定要争第一名。

测试比赛开始，计时器的最后一声刚刚响，李子豪就像箭一样窜出去。吴城愣了一小会儿，明白过来之后撒腿去追李子豪。第二个是马友生，看到吴城跑，自己眼睛瞥着山娃，见到山娃一迈腿，自己也就冲了出去，一步不落地跟着山娃跑。最后是胡桂花，董冬冬在前面跑，她后面拼命追赶，总是落下十步远。

这个时候下雨了，随风潜入，润物无声，还没听到任何响动的时候，雨点就无声无息从天上降下来。

好在是伏雨，雨点落在身上很舒服，大家全都觉得很清爽。

戚指导看看天，西北方阴云密布，翻滚打旋向着这边飞过来。可见马上就要来狂风暴雨了。果然是，西北开始有亮光，那是闪电在疯狂，有了闪电雷声跟着就来了，轰轰隆隆敲着每个人的心。

李子豪在前面，迎着细雨一边跑着一边说：“我就喜欢测向，每年暑假都能到全国各地转一圈，无论广州、合肥、长春、沈阳、泸州的，反正我都转过了。世界比赛也去了，保加利亚索菲亚，南斯拉夫贝尔格莱德，东京大阪，反正长学问。不说我怎么样，我倒希望大叔能够跑遍全世界，或许您还能赢个婶子回来，也是皆大欢喜。”

吴城不说话，默默跟着李子豪找电台，想着绝对不会差，你找到了我就来打卡，成绩也不会差。

打了一个电台卡，吴城挺高兴，“甭听他们瞎说，没有的事，就是觉得没得干，找点事情做。这些年来国家引进山羊我也没少挣，挣了花不出去，我也不能满世界说我有钱是不是？我们疙瘩坞，历史上就是一个穷村，现在还是穷村，没有一个人说我们富有，我们也是愿意这样，免得招是非。”一老一小一边跑着一边说。

跑在后面的马友生，看看周围说这里有野猪，还有熊瞎子。山娃说道：

"你瞎说,有没有野猪我还不知道,你看,山林这样安静也就证明什么都没有。"嘴上说没有,心里也是犯嘀咕,自从嘴里说了山林寂静之后,山娃的心提到嗓子眼。

本来呢,马友生是想吓唬吓唬山娃,说完之后突然觉得不很好,山林寂静说明山林里面有了不让山林喧哗的物种。

马友生警觉了,紧紧跟在山娃后面看周围,当然了,看着周围一边是要找电台,另外就是看看有无野兽出没。

或许离着终点远,或者找的方向不对,反正现在一个电台也听不到。山娃有点心慌了,这种情况说明方向跑偏了,寻找路线不对,应该回去顺着原路重新找。

"山娃找的路线不对吧?我怎么觉得你的路线走错了。"马友生说话。

"也许吧,马叔叔,我也觉得我们走错了,赶紧找到一条路,路上能遇见车或人,那样我们就能出去了。"

"我说也是,山娃,我们赶紧走,这里肯定有大野兽在活动。"俩人说着话,山娃拉着马友生,坐在小山坡上往下滑,稀里糊涂的,山娃耳机里面传来终点的声音,"哒哒——哒哒哒!"他站住,测定终点台的方向,选择应该朝着哪个方向跑。

很微弱的声音传进耳朵里。"哒哒,哒哒哒!"这个就是终点台。山娃赶紧确定好了方向告诉马友生。

"我说马叔叔,这个方向才对,您也听听。现在这个方向就是终点台,我们应该朝着这个方向走。"

"那好吧,我就知道山娃不一般,这下我们找到方向了,行!听你的吧,我们赶紧走。"就在这时候,一个东西像风一样贴着山娃身边"嗖"地跑过去。还没看清什么东西就跑没影儿了,只留下了脚印子。

"这是一头野猪,你看脚印子两半猪蹄子,就是一头野猪,山娃可够悬的。野猪可能眼睛瞎,要不然早就撞上你了,还能等到现在这样站着说话不腰疼?"正说着,那边传来声音,就和家猪声音一个样。

"赶快跑,赶快上树去。"马友生这样喊着自己首先上树,抱着一棵大树往上爬。山娃看看马友生,三下两下上了树,他比马友生爬树爬得快。很快上了一棵树，坐在树杈看下面。

这头野猪不算大，不是很丰满，却也油光闪亮，嘴巴两边露出獠牙来。也不知道山娃发疯了，还是初生牛犊不怕虎，就在小野猪拱树根的时候，山娃突然跳下树，捡起一根木棍照着野猪头就打。也许劲头太大，或许打的是地方，反正野猪不再拱树根，倒在地上嘴里冒白沫。山娃胆子也够大，见到野猪冒白沫，搬起一块石头照着野猪脑袋砸下去，野猪嘴巴里面流出血来，也就没气了。做完这一切，山娃坐在地上浑身是汗大口喘着气，坐在树杈上的马友生却是看呆了，眼睛直勾勾地发呆，好一会儿才反应上来，赶紧跳下树来喊："山娃是你吗？绝对就是英雄，你是立下大功了，能够打死野猪也算奇人，能和当年武松比高低了。"说着话，飞奔到山娃跟前，搀起山娃，给他拍拍土，然后解下裤腰带拴上野猪腿脚拉着野猪说："走吧，你在前面找方向，我在后面跟着你，我们走。"

山娃拿起测向机，一边测定方向一边走到公路上。

人都说，车不加斤，担不加两，一头小野猪，也有五六十斤，马友生拉着野猪走到公路上的时候也是累得不得了，好不容易看到一辆汽车开过来，冒着蒙蒙细雨看看汽车缓缓驶到自己跟前，马友生跳到路中去拦车。刚刚伸手戚指导就从车里探出身子来："怎么了？人家都到终点了，就剩你们俩。"马友生没有接戚指导的话题，只是挥了一下手，把手扶在汽车前面指着坡上说："野猪，山上有野猪。"戚指导听见这句话赶紧拉着马友生上车说："可别吓唬我，我胆小，说说到底怎么一回事？"

马友生就说："都是这个山娃惹的祸，见到野猪竟然上前去，手里提着水火棍照野猪的头就打，我在树上看得真真的。也是有运气，野猪给他捧场，也没咬他，嘴巴冒白沫，山娃双手抱起石头来，又给野猪一石头，脑袋全都砸了一个大坑，你说厉害不厉害？"

听完马友生的话，戚指导愣住了，敢情这里的山林里面有野猪，戚指导吓出一身冷汗来。初生牛犊不怕虎，现在没有事，要是野猪胜了就是人命关天的事情了，想到这些，真是有点后怕。

"没事儿，赶紧上车。"戚指导叫了人，七手八脚把野猪搬上小皮卡，开车直到集训基地，烧水退猪毛，收拾野猪。

戚指导召集其他几位负责人，商量好了，要去临山县政府。

说做就做，下午戚教练去了临山县政府，人家政府官员一听就说这件事情是归森林警察管，你们要找他们才行，政府这里不能办。戚教练就回来请示主任。主任说："不管去找谁，生命第一，我们本来事情做得就不够，应该事前检查一下是否有野猪，现在没出事，山娃把野猪打死了，要是野猪咬了人，事情就大了，还是赶紧行动吧。"

不能耽误，戚指导赶紧去找森林警察协商，人家警察也是痛快，说是野猪的事不好办，去年刚刚清查一回，现在整个临山地区一共有野猪一百三十头，每头野猪都记录在案，你们打死野猪的事情现在还没有追查你们，你们竟敢还来申请打野猪？要知道，野猪可是国家二级保护动物！

戚指导一听这话，心里顿时凉半截，不敢多说，生怕人家追查山娃打死野猪的事，于是赶紧跑回来。

开了会，会上诸说不一，有的说非要打，不打出了人命谁负责；有的人说不能打，二级保护动物，打了不但赔钱，或许还会惹事；还有人说要不就迁址，不在这里训练了，找个没有野猪的地方不就行了？

大家正在讨论，就在这时候，吴城过来了，吴城来的时候跟着马友生。

"戚指导您好，马友生又来打扰您了，吴城您知道，不爱说话却能办大事，他有办法不让野猪来捣乱。"

吴城嘻嘻一笑点点头。

戚指导一听还有这等事，赶紧让吴城坐下来，端过一碗茶水说："还有这样的事，我是第一回听说。"

"说起来我都不信我能把野猪吓跑了。"吴城说。

"是，您来说说我听听。"

"好几年前的事儿了，有一天上山侍弄我的玉米地，到了地方我一看，足足十头野猪正在地里糟蹋庄稼呢。看着野猪乱拱，咽不下了这口气，好不容易玉米正在灌浆，野猪一糟蹋，就得颗粒无收，一年白干了。我找了一根棒子过去，照着一头猪的脑袋狠命砸下去。野猪就势倒下嘴里吐着白沫子，我又打一下，野猪又叫唤一声，就气断命绝了。其余的野猪见到同伴没了命，四散逃命去，只有一头朝着我的裤裆冲过来。幸亏学过三脚猫的蹦跳术，就在野猪快到跟前时往上一跳,野猪往我身后冲去,脑袋撞在石头墙上,歪了倒下去,还是一棒子。这回可没占着便宜,野猪一晃悠脑袋,用獠牙把我的腿刮了。好家伙,当时没有觉得什么,过后伤口化脓,在临山医院住了半个月。医生说我是万幸,没有碰上致命病菌。你想啊,野猪不是人,人是要刷牙的,野猪不刷牙,牙上什么细菌都有,人家野猪常年不刷牙没事。人就不行,人让野猪拱了,伤口沾上细菌,就会发作,我的伤口感染了,半个月的住院费比卖的野猪肉钱可是贵多了。"

吴城说完还撩起自己裤子指着伤疤让大家看,果然是,一条野猪獠牙挑的豁口缝了好几针,这会儿还能看见针眼呢。

"我怎么没有听明白呀,您的意思是说碰上野猪您去打,还是碰上野猪您在前面保护大家撤,还是其他的?到了现在我也没有弄明白。"戚指导被吴城说糊涂了。

吴城说:"什么都不要,只要有野猪,我往那里一站,野猪就不敢来。"

"真的呀!我还没有听说过这样的事情。"戚指导说。

"没有听过没关系呀,等到哪天有了野猪我就去,保证去,野猪只要是见到我来了,保证撒腿就跑,你们信不信?"

大家都摇头。

那就等着瞧。

山娃碰上野猪之后没等两天野猪又来了。

当时戚指导在汽车上,手里拿着摄像机拍摄大家训练的姿态。忽然间,山上下来一头野猪,来到公路上。野猪本不大,也就半年的小猪,只是身上黄毛没有了。

半大小野猪,站在公路上,其他的人不敢再往前跑。戚指导赶紧拿起对讲机:"喂!吴城在哪里?吴城在哪里?让他赶紧到公路第三拐弯处,这里有头野猪站在路中间不走了。"

"我就是吴城,您说什么戚指导?"

"我说一头野猪站在路当中,测向队员全都不敢过去,让你赶紧来。"戚指导说。

"行,没问题。不过您听好了戚指导,您是坐在汽车里面是不是?"

"是,你怎么知道啊?"

"您是老师我是百姓,不怕您笑话,我到您那里也要有个时间,您就不怕野猪会走,回去对着学生冲锋吗?"

"那你说怎么办?"戚指导抓耳挠腮不知道用什么办法能把野猪赶跑了。

"听好了,告诉您,汽车掉头对着野猪撞。明白吗?"吴城对讲机里说。

听了吴城的话戚指导给自己脸上扇了一个嘴巴子。

这么简单的问题都不会,眼睛看着野猪都直了,掉头对着野猪加大油门冲过去,野猪一看来了对手不怕他,赶紧退避三舍,跑上山去,山上泥滑,野猪又滚到马路上。戚指导眼睁睁看着野猪打了一个滚,滚掉黄泥汤子,顿时变成原本颜色,往下跑去,下面就是悬崖,眼见着野猪就掉了下去,掉到小沱江里,站在悬崖边上还能看见野猪在江水里面游泳呢。

测向比赛继续进行。戚指导给每个队员摄像,想比较一下谁的测向风格好,谁的奔跑速度快,好在总结会上点评。

汽车转弯开下坡,转弯以后雨水就大了,公路成了河,河水哗哗往下流。所有盘山公路外侧都比内侧高,也就造成山上的水有一部分沿着山路里面路沟往下排,多余部分留在公路上面,形成了陆河。盘山路,水流往下速度快,石子污泥山水往下淌,假如石头足够大,就能听到叽里咕噜石头滚动在山路上的响声。

戚指导看见,全国各地的测向队员没有一个躲在山凹里面避雨的,戚指导感到很欣慰,山娃却有些气急败坏,山上的猫耳朵洞子他看到好几个疙瘩坞的同伴在避雨。

山娃说:"你们也不看看,人家国家队的队员有谁去避雨?你们背后跟我说,都想进入国家队,那你们倒拿出实际行动呀,刚下多大雨,至于跑到山洞内避雨吗,真是丢死人了,还是疙瘩坞的人。明天不能再来了。都给我们疙瘩坞村现了大眼了。"山娃见到一个说一个。说的那几个人灰溜溜地出了山凹,在大雨当中去找台。

当所有的人在豪雨之中顽强拼搏的时候,乌云飘过去,西边太阳出来了,雨过天晴,山清水秀,好一派大好河山!

十六

山娃每天训练回来还要喂鱼、喂狗、喂兔子，然后就去毛桦子家里问问北京有没有电话来。毛家婶子说没有，山娃回家路上心里怎么也不安宁。

早上来到集训队的驻地，戚指导叫山娃过去，说是等一会儿要有一批实验服装来，大家试试看到底哪种服装最适合测向运动员穿。

大约等了半个小时，两辆汽车驶进集训队的驻地，在大山洞的前面停下来。车上的人下车之后把物品卸下来，去掉包装箱，里面的服装、鞋袜、头盔一一摆在一溜摆放好的桌子上。下面就是各个厂家工作人员穿上自家工厂制作的服装站在自家物品桌子旁。这里准备好之后，全体测向队员都来了，戚指导简单介绍了下情况，说完后，大家解散，各自去听厂家介绍自家产品，所有服装队员全都可以穿，训练回来就要填试卷。卷子上面多种选择问题，大家要填穿上服装之后的感受。当然了，服装五花八门的设计，都是奇思妙想，为了设计好的测向专业服装，各个厂家真是没少费心思。比如说，有的服装不怕荆棘挂，跑在山中遇到荆棘树丛，可以直接穿过去，服装上面不会留下任何痕迹。有的服装不怕水，下雨防雨不潮湿，刮风防风还保暖。更有新鲜的，脚下的户外鞋，蹬在钉板上面不怕扎，走在冰川上面也不滑。虽然每家厂家都有新意，但是没有一家厂家设计的衣服能满足所有的需求的。测向队员本身有服装，这次虽然品种多样，还是没有满足大家的愿望。经过半个小时的展示,大家全都归队准备训练。突然门口开进一辆小皮卡。车门开,下来一个人,五十几岁,大脑袋,站在车门前,环视四周看见戚指导,快步过来说:“戚指导,来晚了,我来做演示,您看行不行?”

“老黎呀,你说的什么意思,我是不明白。”

“哦,我来穿上我们厂的服装,演示一下服装功能你看怎么样?”

“可以吧。你做吧。”

听到戚指导的话,老黎如同得了狗头金,赶快回去,很是麻利地穿上服装,并看了看大杨树。

杨树在这院里好多年,足有十几米高,这个时候已经有人搭了梯子伸到一个大树杈。老黎爬上树,忽然站在大树杈上身子一晃掉下来。这一幕,所有在场的人全都看到了,惊呼一声。忽然间,惊人的一幕出现了,就见老黎往下掉的时候,忽然服装就涨了,如同汽车救生气囊一样鼓起来。老黎掉在地上时,充气气囊鼓鼓囊囊就把老黎包在衣服中。接下来的一幕更稀奇。只见老黎地上打个滚,衣服里的气体就没了,还原成了普通服装,简直是奇迹。

戚指导在旁边说:“要是这样的话,我们所有测向队员,无论什么路况也都能跑,不怕掉下山涧,不怕掉下河。充气服装就是救生衣,作为户外运动着装真是保险。就不知道价钱多少,我们是否能接受。”

这时其他厂家收拾东西准备要走。戚指导拦住大家说:“等一等,我知道你们大家的意思。请先都不要走,虽然老黎穿上自家做的户外服装做演示,我也承认老黎的服装比各位的服装创意都要好,而且他的工厂的服装已经有一款我们测向队里穿上了。哦!现在大家看到的,测向队员身上穿的就是。我要说的是,各位的服装我也没说不好啊!实际上,功能越多,价钱就越高,也可以说是假如参加国际比赛,我们就要选最好的,参加全国比赛选择中等的,平常呢,选择便宜的也是未尝不可呀!我的意思就是说,希望大家留下来,看看训练,看看比赛,看看你们还有没有新发现,能够制作出来更好更便宜的服装,大家说好不好?还有,那边站着的人,都是赶来准备定制其他户外运动服装的。”

戚指导这样一说,所有想走的人都朝大门那边看,看到准备订货的人已经走向这边来。

下面的事就是要投票,投票选择哪个服装最适宜测向队员穿。大家填票单,上面列出许多问题,一共七个厂家,每人七张票,每张票填上你的选择以及当时试穿的感觉。

票单填写完,交给各个厂家。

所有这些事情做完了,测向训练也要开始了。

戚教练看看大家说:"甄老师,赶紧去买矿泉水,绝对不能让大家缺水喝。"

"行,我这就去。"戚指导的助理应声骑着摩托出去,刚刚走出门外就见刚才表演安全气囊的老黎还没走,旁边还有一位姑娘,忽然觉得好像哪里见过,一时却想不起来了。

"你是甄老师,去年全国比赛见过你,你是戚指导的助理。"黎家慧很高兴地叫。

见到女孩这样说,甄老师想起来,很惊讶:"你是黎家慧,我想起来了,这个人是谁,怎么还没走呢?"

"哦,甄老师,这是我爷爷,家里开了个服装厂,专门生产你们见到的那种有安全气囊的户外服装。"

"这个我知道,所有参加竞标服装中,我认为你家的最好。但是我们都知道,越是好的服装成本会越高。

"对呀,甄老师你说说,是人命重要呢,还是钱重要?"黎家慧的话切中要害,现实生活中,绝大部分人都想省钱,都想少花钱多办事,这也没有错误,但是遇到性命攸关时,金钱也就黯然失色了。甄老师,可能我说的不对,你也可能认为我是在宣传我家的服装,其实不是,爷爷投入十万元来搞这个服装就是为了我们队员能够有保障。能够在国际锦标赛上体现中国的风采。我们要得冠军,我们要在保证人的生命安全前提下赢得冠军,任何时候人的生命都是第一位的。"

甄老师的水没买,先让黎家慧给上了一堂课。不过甄老师觉得很值得。任何一种比赛,无论你做得多好,成绩多么突出,表现多么灿烂,只要出一次事故,人的生命受影响了,所有一切都是白做了,所有前面做过的成绩,全都泡汤了。

甄老师骑着摩托车，到临山镇上买了矿泉水，脑子里面一路都在想着黎家慧的话。

回到基地之后放下矿泉水，就去找戚指导，没有找到戚指导，回程路上见到佟主任，他想把建议说给佟主任，又想自己只是一个指导助理，位卑言轻，嗓子眼里咽了几口吐沫打个招呼也就过去了。

后来想想还是觉得不大好，一定要跟戚指导说才对。

来到比赛场地，起点已经没人了。

甄老师决定奔终点，重新骑上摩托车，拿了对讲机，出了大门沿着公路向前走，看到一个看守电台的人，自己下车问："老师，问您一下，对讲机的频率是多少？终点在哪儿您知道吗？"

"频率439.50，终点在哪里我还真的不知道。"

"那行，我来自己问问吧。"说着话，甄老师打开对讲机，按住话音键："喂！终点在哪里？终点在哪里？我是甄志祥，我是甄志祥，我找戚指导。"

"什么事儿，到基地再说还不行？"戚指导对讲机里说。

"行是行，我就想着跟您说个事儿。"

"什么事情，挺神秘的，那就过来吧。"甄老师这边手指抬起来。戚指导那边忘记抬手指了，说话声音从对讲机里传了出来，老戚说："你说甄志祥这孩子，平常看着挺老实的，不言不语的，让干什么干什么，今天也不知怎么了，非要找我说事情，也不知道什么事儿。"

听到这些话，甄老师有些生气了，想起自己这些年，从初中、高中到大学，一直搞测向，现在回到母校教书还是搞测向，这是他的一种喜好，也能叫作嗜好了。无论怎么说，反正现在他已经把测向当作一种事业来做了。既然是事业，也就没有埋怨，一切不如意的事情全都烟消云散了。

摩托返回来，去找黎家慧爷爷，正好碰见黎家慧。

"家慧，你爷爷在吗？"这样说话显得很亲近。

"在，就在办公室里歇着呢。"

"行，我去找他去。"

"等会儿，我说让您跟着戚指导先说一声，我也想参加训练，再去参加今年大学级别的世界锦标赛,也就是参加今年的世界无线电测向锦标赛。”

“行,测试一下看看,能去自然好,去不了呢,你也别怨我。哎。不对,你的意思是你今年上大学了?”甄老师说。

“对呀? 怎么了?”

“嗨! 我在想着不打不成交呢,那年要不是把电台藏到你家苹果园的鸡窝里,也就不会引出这样一段事。”

“嗨,别提了吧,您还别说,还真是不打不成交呢。”黎家慧笑着说。这里俩人说笑话,旁边站着的看守院子的人问道:“听着你们的口气,好像还是有着什么不可告人的秘密。”

“没有啊,既然你想听,我就说给你们听。”

那是前年,甄老师到密云去办事,正好碰上他们那里搞比赛。人家听说我来了,就让我去看看他们那里搞得怎么样,我就跟着去了,到那一看,不是比赛,就是一个学校在训练,三十多个学生,临近要比赛了,先到比赛场地练习练习,也好熟悉地形,真正比赛也能拿个好成绩。我到那里时已经是中午了,对讲机里传话过来说是夼村那个地方学生正和百姓闹纠纷,我就过去了,原来是电台藏进百姓的鸡窝里,人家主人不依不饶的。我询问是谁闹的事,没有人说话,旁边站着一个女孩子双手抱肩,眼睛看着其他地方,显得不服气。周围围着一群人,都是当地的人来看热闹。有人说:这是什么学校的学生,竟然把个什么东西放到黎家鸡窝里,要是定时炸弹还不把人都炸死?

也有人说:“这样可不行,要找他们领导,要不就把老师找来,问问到底怎么一回事。”

还有人说:“老黎也不是好惹的,等着看好戏吧。”

外人说这些话的时候,站在旁边的董冬冬对谁都不多说话,谁也不理会,自己学校练习自然就是自家学校学生看守电台天经地义的。董冬冬就在这里看守电台,她把电台放进黎家慧家的鸡窝里,也就造成所有寻找电台的人要在黎家慧家的苹果园子里面钻进鸡窝找电台。按照道理说,这样做的确不对,真正比赛的时候,电台都要放在明处,谁先看见谁刷卡,不会寻找半天找不到。董冬冬这样藏电台已经超出规范了。

但是,这个不是比赛是练习。学生之间练习免不了会出现这样或者那样的问题。黎家慧回来了，黎家慧在上高中二年级，看见董冬冬在自己苹果园子里面藏了测向电台，也是很生气，就跟董冬冬理论，为什么要在黎家苹果园里的鸡窝里面藏电台。

董冬冬说："没有为什么，你要想来参加就算你一份。"

"我才不来参加你们什么测向比赛。告诉你们赶快把电台都拿走。"

董冬冬抱着双肩说："要是不拿走，你准备怎么办？"

"我不准备怎么样，可我爷爷能够把你怎么样。"

"你爷爷？你爷爷是谁呀，我不认识。"

"这就叫你认识认识。"话音是从董冬冬身体后面传来的，董冬冬回头看，五大三粗的留着八字小胡子。眼睛倒是黑亮黑亮的，好像见过也好像没见过，倒是觉得此人有些面熟的。

"怎么一回事儿？家慧你说说。"家慧爷爷站在果园门口堵着任何人都进不来。家慧说："也没什么，就是这个人在咱鸡窝里面藏了东西，大家全都来到鸡窝找东西，您说怎么办？"

"没有怎么办，就是一个字，滚！"家慧爷爷说。

"好像不可能。"冬冬眼睛看着别处说。

"怎么着？你在我的苹果园子里的鸡窝藏东西，让你把东西拿走，我还犯了错儿了？"家慧爷爷双手插在腰上说。

"要是不拿走呢？"董冬冬还是抱着肩说话，好像一副很不屑的样子。爷爷看得有点烦，觉得这个姑娘简直太不讲理，不给她点厉害她也不知道"马王爷的三只眼"。

说话间，家慧爷爷伸腿成弓步，一拳出手对着董冬冬打过来，眼见拳头就要落在董冬冬身上，董冬冬往下一蹲，家慧爷爷的拳就打空了，董冬冬顺势拉住家慧爷爷手，往后一拉，家慧爷爷奔来的方向窜出去，也真巧，家慧爷爷脑袋正好钻进鸡窝门里，身子在外面。也不知道鸡窝里面有没有鸡屎，反正家慧爷爷没有把头退出来，在里面喊："赶紧报警，赶紧报警，快打110。"

真有好事的，打了手机报110，警察那边答应挺干脆，功夫不大警车就来了，进来苹果园子看见家慧爷爷脑袋伸在鸡窝里面，就问道："是谁报的警？"

没有人搭话。

看到有人脑袋还在鸡窝里,警察蹲下问:“是谁呀,怎么回事儿?”

“还能怎么回事儿,就是那个女孩把我弄到鸡窝里面了。警察同志你可要为我做主啊!”

警察蹲在地上说:“你是谁呀,怎么钻进去的,说说吧。”

“我是谁你还不认识?你不就是刘家祥么,管片警察,你要为我做主啊!”

“不是,弄了半天我也没有明白你是谁?”警察接着问。

“我是黎宝贵!”

“等等,你是黎宝贵,你是黎宝贵,你想怎么着?”

“没有怎么着,你们要你把这个丫头抓起来。”

“哦,这样啊,行啊!把她抓起来。第一她是未成年人,不好抓。第二,人家问问你在这里怎么回事,将来你会说什么?”

“这个?”

“起来吧,自己出来。”警察说。

“我不出来,我就在鸡窝里面待着,你不抓人我就不出来。”

“那行,我现在就说,黎宝贵是让这个女孩给弄到鸡窝里面的。好不好?我现在就说。哎!大家听好了……”

警察还没说出话来,黎宝贵就从鸡窝里面退出来。

站起来后问了一句董冬冬:“这姑娘,你是什么地方学的武艺呀?”

董冬冬说:“武当山!”

黎宝贵低着脑袋说:“敢情这武当山的武艺不比少林寺的差呀!”

甄志祥和门卫说了这段往事,黎家慧爷爷旁边听着脸上只是笑。甄志祥说完了,黎家慧的爷爷接着说:“其实好多事情都是不打不成交,没有和那小姑娘打架也就不会认识甄志祥,不认识甄志祥,也就不会认识戚指导和佟主任,没有佟主任和戚指导,我的户外服装厂也就没有今天的发展,说起来,我还得感谢那个姑娘。对了,那个姑娘叫什么来着?想起来了,那姑娘叫董冬冬,对吧?对!没错,就叫董冬冬,这个名字好记,听见这个名字时候我还以为打鼓呢。咚咚咚就和打鼓声音一个样。”家慧爷爷说的时候显出骄傲的表情。

黎家慧爷爷说话时，甄志祥给戚指导打了电话，说了黎家慧也想参加训练，还想以燕华大学名义参加今年世界测向锦标赛。戚指导的回答是，训练可以，成绩如果好，燕华大学也同意的话，可以去参加。

既然戚指导认可黎家慧可以参加训练，黎家慧也就去起点活动手脚准备参加测向训练，这个时候董冬冬来了，黎家慧很高兴地张开双臂和董冬冬拥抱在一起。

“对了，我好像听说董冬冬参加国家队的时候也是梁老师选的是不是？”

“是，就是梁老师。就是那年你家苹果园子比赛那年，长 80 米，就在密云县的挂甲山，就是村子中央有个很高的直上直下的石头柱子的村子，我还记得村子里面那个石头柱子总会有一百米高吧。”董冬冬自己说。

“是，冬姐眼力还真准，有人量过那个石头山石，直上直下真有一百零五点三八米。

“我后来听说，说你测向时比狗跑得还快，真的么？”黎家慧说。

“又在取笑我，这件事情梁老师最清楚，那天或许有预感，跑出起点之后我沿着道路进了村，村子里面有个三号台，那是女选手必找的电台。可巧听到声音了，三号台的信号不好，正好看见还有五个人也都知道电台位置了，大家全都奋力跑向电台去刷卡。这个时候一条黄狗出现了，见到我从它眼前跑过，或许打扰了它，狗就开始追，我憋足了一口气，刚刚跑起来的时候黄狗追上来，我也不敢回头，回头肯定速度会降下来。狗跑，我也跑，我在狗的前面四五米的样子，四条腿的黄狗奋力一搏，就要追上我了。我猛然倒地一滚，黄狗从我身边窜出去，一下窜到前面壕沟里。我重新爬起来，跑向下一站。特意看了一下大黄狗，那个东西歪着脑袋看看我，摇摇头，夹着尾巴逃跑了。打那以后人们见到我，就说我比狗跑得还快。”说完了之后冬冬自己也笑了。

“可见冬冬够厉害。”黎家慧欣赏冬冬的同时也很佩服她，虽说冬冬要比家慧年龄小，但是家慧真的打心眼里佩服冬冬。

转天是个大晴天。戚教练说了这是最后一次测试，马上就会有结果。

大家都知道,结果就是谁能留下参加世界锦标赛。

早操之后大家吃早饭,吃完早饭一同去到寝室换衣服,既然是集训,就要像个集训样子。穿着整齐划一出现在公众视野中。

就在大家换装时,集训基地大院来了几辆大客车。换好服装大家站好队,戚教练站在队伍前面说:“今天我们要到石林公园去,那里是陌生的环境,我们换个陌生环境去训练,如同出国比赛到陌生环境一样,看看谁的训练效果好,我们根据这次训练决定参赛人选。大家听清楚了吗?”

“听清楚了!”

“好,现在出发。”

山娃听着心情挺激动,今天碰上这样的情景,所有的人都是热血沸腾。

第一辆车过来了,老师裁判先上车,他们带着设备器材要去布置电台和设备。第二、第三辆车都是测向队员,第四辆是中巴,坐着山娃他们还有村子里面成人队的三个人。

一共四辆车,行驶在山间蜿蜒公路上。

戚教练在对讲机里说:“所有车上的人听好了,路途比较远,我们现在唱首歌,歌名就是现在网上流行的歌曲,大家知道叫什么吗?”

“知道!《寻找青春的方向》!”

“好,现在我起头——‘我们用美好的时光’预备唱——!”

四辆车,每辆车上的对讲机都开着,歌声同步响起:

“我们用美好时光,寻找青春的方向。青山绿水我们畅想,大漠边疆我们荣光。我们光荣的梦想,为了祖国的富强。”

“我们用美好时光,寻找青春的方向。披荆斩棘奔向前方,风雨无阻我们争强。我们生命的理想,为了祖国屹立东方,为了祖国屹立东方。”

这天星期一,莲莲坐在出租副座上,后面是山娃爸爸妈妈还有小梅。

到了医院大家下了车。莲莲看见医生,就对姑父说:“你们等一会儿,我先进去看一看。”

诊室里医生说:“从表象上看,小姑娘得了白血病,可是经过我们几个医院的专家会诊得出的结论是:姚诗梅没有患上白血病,就是我们平常所说的血癌,也叫再生障碍性贫血。姚诗梅患的是缺铁性贫血,就是说,给小梅加强营养就可以了,姚诗梅没得白血病。”听到这个消息,莲莲蹦起来。莲莲嘴里想说却是说不出来,她想哭,哭又哭不出来。出来见到姑父,姑姑和小梅。突然蹲在地上靠着墙,眼睛看着前方,眼泪流下来,接着号啕大哭。这个举动旁边的人看着都奇怪。姑姑看着侄女哭,眼泪也不由自往下掉。此时此刻山娃爸爸看到了,心里不明白为什么,眼睛瞪着莲莲,好一会儿,山崩地裂一声叫:“老天爷! 这是为了什么呀啊?”

听到山娃爸爸哭,莲莲突然站起来,虽然眼泪还在流,却是走到姑父、姑姑跟前说:“你们为什么哭呀? 刚才我进去,医生专家告诉我,小梅没有病,就是营养不良,你们怎么了?”

莲莲这样说,姑姑和姑父,眼睛睁得老大看着莲莲,脸上挂着眼泪说:“真的吗?”

“是真的。”

这个时候护士叫:“姚诗梅! 谁是姚诗梅的家长?”

“哎,我是! 我是!”山娃妈妈忙不迭进入诊室里,山娃爸爸也进去。莲莲守着小梅等人,很快两个大人跑出来。山娃爸爸首先抱起小梅说:“好,真是好,祖上积德呀,小梅呀,你想吃什么,只要你说出来,爸爸一定给你买。”

“爸爸,我什么都不吃,我想睡觉。”

“等会儿,等会儿。”山娃爸爸拉着山娃妈妈重新走进诊疗室,进门就给医生跪下来,嘴里说:“几位专家医生,你们就是我家大恩人,就是我家活菩萨,我和全家给你们磕头了。”说着话,山娃爸爸领着全家就给医生磕头,弄得医生全都站起来。

“哎呀,不能这样子。您快起来,可不能这样子。快起来!”就在医生劝阻山娃一家时,门外冲进几个保安来,拽起山娃爸爸往出拖,医生过来拉住保安手:“干什么? 没有你们的事儿。”

“主任,我们外面听说他们来闹事,赶紧来了帮助你们解围的。”

“行啦,赶快走吧,不要添乱了。”

保安说:“不是,主任,我们是怕您有危险来帮忙的。”

“行了。没有你们的事儿,赶快走吧。”主任说着搀起山娃爸爸妈妈,说:

"没事儿,我们做医生,就是凭着良心说话。姚诗梅的表象是白血病,经过我们几个医院的专家仔细分析之后,一致得出的结论是姚诗梅没有患白血病,就是小梅没有得血癌,你们放心吧。回家之后要给姚诗梅加强营养就行了。"

"哎,好,谢谢专家,我们全家都感谢您。"

"哦,谢谢。这样我们大家都放心了。"

出了医院大门,小梅说要去麦当劳。

爸爸妈妈听见之后说:"麦当劳?什么叫作麦当劳?"

莲莲说:"去!赶紧去,我们就去麦当劳。"

莲莲过来抱着小妹快步走进路旁麦当劳。

爸爸妈妈看见莲莲的举动很吃惊,忽然想到小梅说的麦当劳,敢情就是这个面包薯条店。

既然小梅没有事,一家人就高高兴兴逛逛北京城,故宫北海颐和园,明朝陵墓和香山。天坛后海恭王府,灌肠烤鸭和卤煮。不管门票多少钱,反正只要小梅说去,绝对就答应。三天时间眨眼到了,买了火车票,坐上晚车奔向临山疙瘩坞,回家了。

这些事情山娃不知道。山娃跟着大家来到石林郊野公园比赛。比赛项目是快速测向,这是国际测向理事会专门为青少年中的少年专门准备的项目。

这是一个新项目,对于中国学生来说也算一个旧项目。信号音就是短80米的信号音,只不过是前面的电台放在一个台序里面每个台号十二秒,连续响完五个电台正好是一分钟。后面五个电台也是放在另外一个台序里面响,也是一分之内全部响完,大家根据信号音判断电台的位置。

这里是石林区,石林不算高,却是和树木一样矗立在这里。

汽车停在公园外面,老师首先下车进了公园去布置电台,学生开始整队入园。就在这时,黎家慧的爷爷也来到石林公园了。见到正要比赛的队伍走进石林公园,下车之后走到队伍那里和戚指导握手,一起进了公园,看到公园里面人很多,就又动起服装展示的念头。

家慧爷爷来到公园中央空地,湖边一颗大杨树,杨树很高,树冠也茂盛。家慧爷爷趁着这个机会走上石山,借着石山高度上了一棵树。穿好他的充气服装,站在树上大声喊:“同志们,再见啦!”站在树上连喊两次,招来许多人围观。看看差不多了,家慧爷爷纵身往下一跳。弄得围观群众大声喊救命。却不知,家慧爷爷跳下之后拉下充气活塞。一瞬间,红红的衣服充满气体,只见家慧爷爷落在地上,拍了拍土爬起来,毫发未损,对着大家微笑招手。

下面就是钻蒺藜,家慧爷爷穿着刚刚恢复原状的户外服装,钻进石林蒺藜中,先从两边长满荆棘的灌木丛中跑一遍。出来说:“大家看好了啊,我的服装可没坏。”

接着就是脱了服装放在泥盆里面揉两揉,弄得满是泥巴,服装颜色已经看不见,只能看见一团泥巴还在流泥汤。

“瞧着,奇迹出现了!”家慧爷爷把服装放在自来水下冲一冲,揉两揉,然后拿来上下抖两抖。奇迹出现了:“哎,大家瞧啊,大家看,没有一点泥水,特别干爽啊。”随后家慧爷爷把衣服扔给大家看,每个人都仔细看看,都不说话。

“还有呢。”

只见家慧爷爷重新穿好衣服说:“诸位,麻烦大家跟我出去看。”话说着,家慧爷爷自己走出大厅,来到院子里,已经有人立了梯子通往树杈上。树杈下面是陆地,陆地边缘就是培训基地的养鱼池。

抬头看,高大挺拔的杨树足足十几米高,家慧爷爷站的地方正好有一个树杈朝向就是养鱼池。

家慧爷爷穿着橘红色衣服沿着梯子爬上树,站在树上喊:“共产党万岁!毛主席万岁!”就像电影里的共产党员英勇就义一样,从高高的树上猛然跳下来。

家慧爷爷的举动让围观的人的心揪起来,都说这人是个神经病。

却看到,家慧爷爷手指碰了什么东西,掉到陆地时候风雨衣已经迅速充气成气囊，然后一滚，掉进水池飘起来。

所有人都惊呆了。所有的人都看着家慧爷爷不说话。看着水面飘着红色风雨衣，家慧爷爷浑身上下一点没有受伤。

猛然间，大家跳起来鼓掌。

家慧爷爷上了岸，抬起脚来说："这叫金边鞋，不臭，不滑，不咯脚，进水不留水，脱下甩甩马上就会干。"说完话，脱下鞋，甩甩鞋子，扔给大家看。

"还有这个帽子既轻又结实。"家慧爷爷摘下帽子给大家看。

石林公园的快速测向开始了。

董冬冬、姚远、穆子彤和家慧分两排站好，等着倒计时的声音响起。

倒计时开始，等到最后一声响起来，大家努力冲出起跑线。

石林坐落在神仙市，神仙市和临山市只是隔着南坪山。

石林公园外，家慧爷爷独自走着，忽然后面有人拍肩膀。

猛回头，家慧爷爷不认识，一个络腮胡子外国人，站在自己身后笑眯眯地看着自己。

家慧爷爷愣了一下，笑着问："怎么，有事么？"

家慧爷爷说汉语，老外或许不懂或者这句话他听不懂，两只眼睛看着他，就像老鹰看小鸡。

家慧爷爷扬起手来说："听不懂啊，咱们拜拜吧。"抬起大步快快走，一句北京话，说得老外也是一愣。

老外回敬说："别走哇您哪！我好有话对您说呢。"

家慧爷爷看看老外，说："你！你也北京人？"

"我不是北京人，我是说北京话。对吧您哪？"

"哦，对。您有什么事儿？"

"咱们找个地方谈谈。"

"说什么呀？"

"就说您那个户外运动服装合作的事。"

"哦，得嘞，免谈吧您哪。"家慧爷爷说完就想走，老外背后说一句："可是一百五十万欧元呢。"

"欧元！欧元是什么东西？"家慧爷爷突然反应上来回头问。

"欧元就是欧洲的钱,要比人民币贵十几倍。"

"哦,我想起来了,欧洲的钱,行,有什么事,您就直说。"

"行,我直说,就是那个缓冲包,就是山上掉下来人都不死,手一拉穿的衣服就能膨胀起来,山和水都没办法,简直就是神人了。"

"哦,你说今天表演的那个东西吧?"家慧爷爷说。

"是,难道您还有其他的么?"老外说。

"不是,你说说,怎么个合作法?"

"你选,一种是把专利卖给我,另外一种就是每生产一件给你多少钱。你看怎么样?"老外说。

"两种都不怎么样。"家慧爷爷说。

"那你说个样子看看。"老外说,

"要我说呀,这么办,专利你买,这是一,在卖给你的专利同时,你不是说一百五十万欧元么,我说少点。"家慧爷爷说。

"行,那你说多少?"

"这么办,你给一百六十万欧元,专利卖给你。"

"行!"老外回答挺干脆。

"还有呢,卖给你专利以后,我入股。"

"你入多少股?"老外问。

"在得到我的专利之后,你还准备投资多少欧元?"家慧爷爷问。

"我们评估了一下,大约还要二百万欧元。"

"是吗?好的。我再问你,你买我的专利是吧?"

"是,刚才不是说了吗。"老外说。

"行了,我最后说一次,一、你买我的专利,我同意。二、我问你,你的厂址在哪里?如果在中国是一个说法。要是在外国又是另外一个说法。三、商标我已经注册过了。注意:我是在欧盟注册过了驴友牌,商标不能改变。假如你生产这种东西,或者说生产和这个东西类似的户外服装,到哪里说话,你比我明白。四、我也不想抓破脸,不就是挣钱么。有钱大家挣,我在厂里投资,你觉得如何?"

"这样得了,老先生,您来出个主意,看看我们能不能合作成功,您看好不好?”

“我给你算一笔账。你买专利是想全世界独一份,对吧?我也成全你。你呢,专利费应该给我一百六十万欧元,对吧?商标权呢,我也不多要,你给六十万欧元,你看可以吧。”

“可以。”老外说。

“专利费,商标权加在一起,你应该给我二百二十万欧元,对吧?”

“对。”

“你不用给我那么多,你给我一百万欧元就行了,另外一百二十万欧元算我入股,你刚才说给了我的专利费和商标权,你还要投资二百万欧元,我要入了股呢,你就再需要投资八十万欧元就行了。”

“这个么——可以。”

“行,那咱们就算说定了,这样呢,就等于我出资一百二十万欧元,你出资八十万欧元,我占全部股份的百分之六十你占百分之四十。我是董事长,你们出经理。你看怎么样?”

“行,我是出资人,这样大家都合适。少花钱,还能办成大事。”

“那好吧,那你说什么时候签合同?”

“这样吧,我们先签个协议草案,一个月之后我要不来,你就另找人,你看怎么样?”

“行,就这样。”

“我说老师傅,你就不怕我说话不算话么?”

“不怕,欧洲人,一向说话算话,不会食言的。我信得过你。”

老外看着家慧爷爷走了,摇摇头,自言自语说了一句话:“真是没有看懂,一个中国乡下老头,敢情这么精明啊!”

石林区的快速测向比赛开始了。

公园里游人如织,有人吹口琴有人拉胡琴,有人双手抱着一支大毛笔,一只盛满水的小桶旁边放,用笔蘸着水,地上写大字,驻足观望水笔字,还真有人称赞写得好。

家慧爷爷走了很远之后才回头,诡秘地笑了笑,朝着正在寻找电台的学生走过去。

真巧了，正好碰上巡视检查的梁老师。

“哟，在这见到您，怎么样？您的身体还算好？”

“好不好的，人家都说七十不留住，八十不留坐，反正也就是凑合活着。”梁老师说着。

“那您干吗还这么干呢？”家慧爷爷说。

“我呢，一辈子就这么点小爱好，就喜欢无线电测向，我还想着把我这辈子交给无线电测向了呢。”

“那您是党员吧？”

“是啊，我十几岁就跟我爸爸当交通员，给西山游击队通风报信。”

“那您还是老革命了，这要是死了都得给您盖党旗吧？”家慧爷爷说。

“是啊，就等着你给我盖呢。”梁老师笑着说。

“没问题，要是能给您盖党旗还真是我的荣幸呢。真要是那样，我就给您盖得方方正正，再给您放上一套测向机，还让测向机全都响着，让您死了都听着嘀嘀嗒嗒的声音，多好啊。”家慧爷爷开玩笑地说。

俩人一边说着一边走，石林郊野公园里面一派休闲娱乐的景象。

有人领着孩子在嬉笑追逐，有人互相说笑慢慢走在林荫道上看风景，还有年轻人坐在公园座椅上面说着悄悄话。

神仙市的快速测向还在进行着。

一条小溪，沿着石林由西往东蜿蜒流过，小溪的水很干净，清澈见底，溪流当中有一种只能看见眼睛而其余部位都是透明的鱼，这种小鱼只要稍微蒸一下，就会有清香无比的味道。虽然说不上十里飘香，隔着一两里地的距离就能闻到鱼香味。

小鱼在游荡，附近有经验的人双手在抓透明鱼，不明白的只能看见清澈见底的水中间有着很多黑色眼睛在飘逸，看不见透明鱼的身子在游荡。

山娃跑在后面，紧紧追随李子豪。

家慧爷爷快步走在石林当中，他在寻找他的孙女黎家慧。他想看看自己孙女现在在什么地方，看见孙女参加测向，家慧爷爷感到很自豪。

整个石林公园一派祥和景象。

“哒哒，哒哒哒——嘀！”公园座椅上，一对青年男女依偎在一起，山娃过来围着座椅转弯寻找电台，转了几圈都不走，两个青年歪头看着山娃觉得山娃神经病，男的刚要发作，女的给劝走了。

山娃索性钻到椅子下面去找台。

有个老头骑着自行车慢慢走在公园路上，后面车架子上有个小箱子，一根电线从老头衣服里面伸出来，脖子那里露出电线头。

有人开始追逐老头，然后就是一伙人追逐老头，老头下车，大家打卡。

公园的石林上有电台，大家接连不断地攀登石山。

下面的游客不明白，站在那里观看着，测向队员还在不停地往石山攀登。

董冬冬和姚远跑进山洞里面找电台，李子豪跑到水塘边，黎家慧跑到山顶上，梁老师也在这里观看大家寻找电台的情况，监督比赛顺利公正地进行。

那边平坦些的地方有个很浅的水沟，有人带着孩子在体验走铁索桥的摇晃感觉。有人围在一起，听着公园歌手在唱民族小调，还有的人带着小孩，下到小溪里面捉小鱼。

公园里的观光车上坐满了人。

公园门口有警车，还有救护车。那是大型测向活动必须准备的。

游人如织。

突然间，一阵轰隆隆的声音打破了宁静，树叶哗哗响，电线冒火花，地动山摇，山顶轰隆隆地开了一道缝。家慧双脚沉进去，旁边的梁老师看见家慧掉进山缝赶紧上前抓黎家慧，自己随之也掉了进去。

石林倒塌，道路裂缝，溪水变黑。

地震了！

死一样的寂静。

警车来了，“呜——哇！呜——哇！”

急救车来了，“呜——呜——！”

消防车来了，“呜——呜——呜——！”

公路上，解放军的大卡车，风驰电掣般赶过来。天上直升飞机盘旋降落。

地震了。很远很远的地方就能看见这里冒白烟。

所有的人都在看手机,手机上显示:“据我国地震台网测定,我省石林地区发生6.5级强烈地震,震源深度两千米。现在,全省四千三百万人民,已经投入抗震救灾工作,省委书记和省长已经赶往灾区,我省驻军也全力投入抗震救灾当中。详情另据报告。”

戚指导睁开眼,满脸的黄土。戚指导慢慢坐起来,看不清楚前面用手抹了一下脸,满脸血红色,左右看看,看不清,叫一声:“董冬冬。”

“到!”董冬冬答着话,睁开眼睛坐起来,她看到了所有砖木结构房屋全塌了,有的石林已经折下一半倒在地上了。

公园小路全堵住,清清泉水变黑了。

“山娃! 山娃!”戚指导的声音有点急。

“哎,老师,我在这儿。”

“山娃,赶紧找你们的几个人,看看都谁在这里,一定弄清毛榉子和山竹子以及刘牛子他们几个的去向,明白吗?”

“是,老师。”

“冬冬啊,赶紧集合所有队员,记住,救人第一。”

“是。”冬冬拿起耳塞,戴在耳朵上。

耳机里面传来:“哒哒,哒哒哒——嘀嘀嘀!”电台的呼号声音响起。

戚指导坐起来,对着甄志祥说:“甄助理,赶紧架起业余电台,报告地震情况,明码发出去。”

对讲机的那边甄志祥说:“是,戚指导。”

这边的甄志祥飞快地跑到公园大门口,上了体委带的业余电台车。明码发电报:“据观测,南坪山石林地震灾情,通信联络中断,人员伤亡正在统计中。警车维持秩序,医护救援有条不紊。完毕!”

山娃满场跑着,叫着:“毛榉子! 山竹子! 刘牛子! 翠竹! 小梅! 山花!”山娃一个一个名字地叫着。

董冬冬手持测向机还在跑。

“哒哒,哒哒哒——嘀——!”十二秒钟一个台号,一分钟之内,冬冬已经摸清了电台的大概方位,

找到一号台的位置后,冬冬说:“电台还在响,大家找到电台看看是否有人在里面。”

众人听不懂,都在看冬冬。

“我说,我用测向机找到电台位置了,就在这里,大家扒开东西看看里面有人没有。听见了吗?”

“哦!哦!那就赶紧扒石头,也许这个姑娘说得对。”

冬冬接着跑向下一个。

就在冬冬刚找到二号电台时,一号电台处:“红衣服女孩万岁。”大家喊着去看远处穿着红色衣服的冬冬,抬起一个女孩子,女孩穿的衣服鼓鼓囊囊的,充满气的衣服把女孩包得严严实实。

大家看到这个衣服都是很好奇,有人问:“这么一件衣服多少钱?”

“不知道,厂家赞助的。”

石林公园井然有序,解放军在清理道路。

大家看见手机信号转播车,跟在开路解放军的后面。

戚指导的电台很繁忙,有人接替戚指导在拍发和接收,这里俨然成了指挥部。

“家慧!家慧!”家慧爷爷已经很累,满脸是土,满脸汗水。很疲倦地坐下来一边撸土一边说:“我这是干什么呢?千里迢迢来到这里,搞推销,搞赞助,我的家慧没了,我的孙女没了,家慧呀,家慧呀!”号啕大哭起来。

这时候培训基地的主任急急忙忙坐车奔往灾区。

“快,快点!就这么一会儿工夫,我说回来拿几件衣服给大家,就变成这样,你说,将来人家都在第一线,我却在家里,像是什么样子?赶快到灾区救灾去。”

汽车开得很快,拐过几道弯。天空开始下小雨,再过一个弯,过了小桥道路就直了,汽车拐弯了,下雨路滑,汽车侧身滑进路边山涧里。

直上直下的山,直上直下的柱。南天一柱,柱子顶上一棵松树高高的……

山洞里，家慧觉得浑身疼，有个东西压着，死沉死沉的。

用手摸，是一个人压在家慧身上，再摸那人，头上黏黏的，流血了，上面的人脑袋上面的血流到家慧身上，家慧闻到血腥味。

三中老师站在山顶说：“我记得电台我是放在山顶的。”

戚指导站在那里说：“快把绳子拿来，看是不是，平常没事我就带着救生绳索，这回用上了吧。”司机跑下山，从车里拿来救生绳。

戚指导拴好自己说：“拉住我，我一拉绳子你们就往上拽我啊！”

“行。”三中老师说。

戚指导双手拉着绳子慢慢往下走。越往下走光线越暗淡，戚指导问：“喂，有谁在下面？”

黎家慧听见了，家慧想说话却是说不出来，她想移开自己身上的物体却又挪不动。

忽然赶到一阵冷风吹下来，家慧用那很微弱的声音说：“有人。”

黎家慧看见了，上面一点亮光有个黑影往下动。

呼呼一阵冷风，站到自己身边，先是翻动压在家慧身上的物体，然后打开光亮照在物体上，接着就是一声叹息：“哎！老梁啊！怎么是你呀？”声音带着满腔悲哀合并着敬意。

戚指导拴了绳子在黎家慧身上，轻轻一拉绳子。

有人说：“哎，有人拉绳子了。”

“拉呀！”大家齐心合力拉绳子。

黎家慧被拉上来。

山缝底，戚指导小心翼翼地拴绳子，生怕惊醒梁老师。

黎家慧倒在三中老师怀里，大家听着黎家慧讲：“梁老师，下面还有梁老师，当时地震了，我清楚地记得，山劈开一道缝，我掉进山缝里。明显感到后面有人扑上来，梁老师，就是梁老师扑在我的身上。上面落下石头我才没伤着，可是梁老师——呜——！”

戚指导轻轻拉绳子，上面开始向上拽：“敢情还真沉。”

山缝底，戚指导抱着梁老师。山崖上面大家齐心合力往上拽绳子。

戚指导露出头的时候，双脚踩着山缝，努力往上举着梁老师。大家十分小心接过梁老师，轻轻放在地上，戚指导双手扒着石头自己跳上来。

戚指导低头眼里含着泪。梁老师静静地躺在地上，闭着眼睛很慈祥。就在戚指导拿了白色苫单要给梁老师盖上脸的时候，一位五十几岁的女士冲上来，扑到梁老师身上："爸爸，您怎么会这个样子呢？听说您到这里来，我刚回家就来找你，前赶后赶还是没赶上，你一辈子喜欢无线电测向，甚至把生命全都交给它，您做到了，您做到了鞠躬尽瘁了。"

戚指导站在旁边，等到女士稍微缓解些才说道："梁晓雯，你也别哭了，我们大家都很难过，说说后事怎么办吧？"

小河边，佟主任很费力地钻出翻在河里的汽车，沿着碎石滚滚的公路踉踉跄跄地跑着。

公园地震现场，梁晓雯："我也没有主意，您看怎么办好就怎么办。"

"好吧。我介绍一下，这位是梁老师的独生女儿梁晓雯。"

梁女士稍微点点头。

戚指导扬了一下手，家慧爷爷过来拉着梁老师的手，哽咽着。

家慧说："梁爷爷，您是舍己救我呀！您给我的生命我永远还不清！"

家慧爷爷："老梁！梁老！怎么会这样？刚才你还跟我说要盖党旗呢，怎么现在就走啦！我这一辈活着也不能报答你的恩情啊。家慧，过来。跪下，给梁爷爷磕仨头。"

黎家慧跪下，脑袋碰地，连磕三个响头。

主任很艰难地跑到了石林公园门口。

戚指导："梁晓雯，你看这样好不好，人已经这样了，天气这么热，你看是不是——？"

"不成！"家慧爷爷挡住戚指导："让老梁这样走了不成。"

"那你说怎么办？"

家慧爷爷说话了："怎么办？人家老梁可是十几岁参加革命，别的不说，梁老师可是大户出身，就是因为成分高，后来教书。老梁这一辈子可都给了你们测向了，就这样对待梁老师可不行。”

“那你说怎么办？”戚指导问。

“怎么办？头一件事，你得给老梁盖上党旗。”

“还有？”

“第二件事，要给老梁开个追悼会。”

“老黎，你看是不是？”

“甭废话，你们不办，谁也甭想弄走梁老师。”

站在后面的主任上前来，浑身上下没有一处好地方，衣衫褴褛，脸上都是血印子。

戚指导：“主任！”

主任一摆手：“别的不说，老黎的条件我全应，老戚，不管你怎么找，赶紧找一面党旗来。还有大家赶紧准备准备，开追悼会。”

旁边站着的警察说：“我去拿党旗。”

家慧爷爷还有佟主任和戚指导一起把党旗盖在梁老师身上，佟主任致悼词：“今天，我们简短地开个追悼会，纪念我们亲爱的战友，挚爱的同志，我们的老梁同志，他的一生都献给了无线电测向事业……”女儿站在旁边和大家一一握手。测向队员站成两排低头默哀。

远处，大家依旧忙碌地进行着抗震救灾工作。

一个月后，首都机场T3航站楼，戚指导领队，姚远（山娃）、董冬冬、穆子彤、毛祥波（毛榉子）、李子豪、黎家慧、龚长钰、吴城、马友生、胡桂花一行二十人，举着中国无线电测向队的旗子，穿着户外服装，带着行李准备登机。

测向队员向大家挥手致意。

一架飞机冲向蓝天……

完